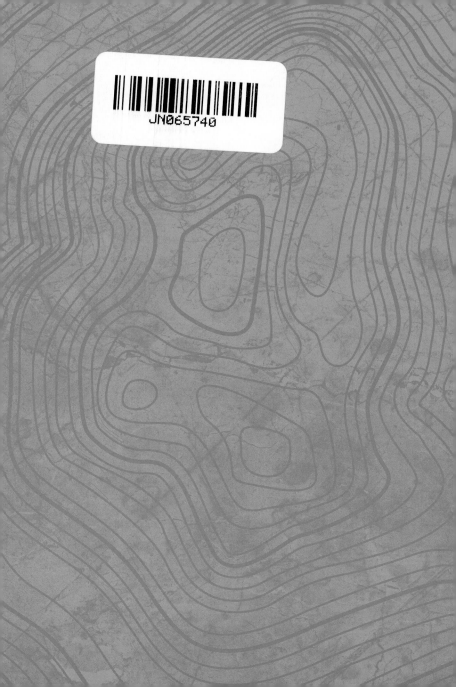

Date

ガラパゴ

contents

ガラパゴ

〜集団転移で
無人島に来た俺、
美少女達とスマホの
謎アプリで生き抜く〜

著 絢乃
illust あれっくす

一日目

001 謎の島に転移した

始まりは突然だった。

「うぅ……ここは……」

波のさざめきが聞こえて、意識が覚醒した。

身体を起こすと、正面には広大な紺碧の海が広がっていた。潮風が目と鼻を刺激する。

振り返ると森があった。海に劣らぬ深々とした森だ。まさに緑一色。麻雀なら役満だ。

気温はやや暑めだが快適の範疇――二十℃後半といったところか。六月に相応しい気温と言えるだろう

「何がどうなって……」

どうして自分が此処に居るのか見当が付かなかった。

そもそも此処はどこなのだろうか？

記憶を辿ってみよう。俺――藤堂大地は私立高校の三年生だ。他の連中と同じく、受験勉強に明け暮れている。今回の休み時間も、休むことなく勉強していた。

「そうだ！　休み時間だったはずだ！」

記憶の最後は一限目と二限目の間にある休み時間。これまでのツケを取り戻すべく必死に勉強していた。すると突然、スマホが鳴りだしたのだ。マナーモードにしているはずなのに、緊

急警報の如く喚きだした。俺だけでなく、全員のスマホが同時に鳴ったのだ。

で、次の瞬間には今に至る。

「振り返ってもさっぱり分からないな……」

記憶が欠落しているのかもしれない。ただ、今は深く考える時ではないだろう。

とりあえずスマホを使って救援要請だ。

「海辺に制服姿で気絶してるなんて変な感じだな」

独り言を呟きながらポケットをまさぐる。幸いにもジャケットの右ポケットにスマホが入っていた。これまた幸いなことにスマホは生きている。充電ＯＫ、電波ＯＫ、動作ＯＫ。

救援要請の連絡先が分からないので、とりあえずの一一〇番。困った時は警察だ。

『おかけになった番号は現在……』

呼び出し音の後に機械音声が流れた。取り込み中らしい。

嘘だろ？　一一〇番が取り込み中ってなんだ？

「ええい、ならば救急車だ！」

トゥルルル――……。

呼び出し音が緊張感を高める。

どう説明すればいいのだろう？

起きたら海にいました、で大丈夫だろうか？

イタズラ電話と思われたらどうしよう？

色々と考えてしまう――が、そんな不安は杞憂に終わった。

『おかけになった番号は現在……』

またしても繋がらなかったのだ。警察も駄目、救急も駄目、意味が分からない。

念の為に三〇回ほど交互にかけてみたが、結果は変わらなかった。

その後、思いつく限りの救助先に電話をかけた。公的機関が全滅だったので、最終的には両親にも緊急コール。それでも、結果は『おかけになった番号は現在……』であった。

「何かがおかしいぞ――ハッ！」

そうだ、閃いたぞ。電波が入っているならインターネットが使えるはずだ。

試したところ、ネットへのアクセスは問題なかった。思った通りだ。

「ＳＮＳで助けを呼ぼう。拡散してもらうんだ」

俺はトゥイーターで【拡散希望】のハッシュタグを付けて呟くことにした。ＧＰＳと連動させて、現在地の情報を付加することも忘れない。

「これが情報化社会の救助要請だぜっと」

呟きボタンをポチッと押す――が、駄目だった。画面に『エラー』と表示されたのだ。何度も試したが、全てエラーだった。

「もしかして、外部と連絡を取る手段が封殺されているのではないか？」

そう思って調べてみたところ、まさにその通りだった。電話も、ＳＮＳも、果ては匿名掲示板に書き込むこともできない。

ただし、ネットには繋がっている。オンライン中継で野球を観ることも、ソシャゲで遊ぶことも可能だ。検索だってできるし、マップだって――。

「そうだ、マップだ！」

マップを開けば、此処がどこなのか分かる。もしも家から近い場所であれば、救助要請なんて必要ない。自力で歩いて帰ればいいだけだ。

近くに集落がある可能性も高い。家から遠くても、集落があればどうにかなる。

「なん……だと……」

予想外の事態が起きた。

マップが示した場所は、完全な海だったのだ。

東経約一三九度、北緯約二七度。小笠原諸島から三三〇キロメートルほど西に位置する海の上。どれだけ位置情報を更新しても、そこから変わることはなかった。

マップによると、俺は海の上にポツンと突っ立っているわけだ。

だが、現実は違う。

マップに存在しない謎の島――そこに俺はいる。

「おいおい。政府の秘密の研究所がある島に来た、なんてヒーローもののような展開じゃないだろうな？」

乾いた笑いがこぼれる。まるで意味不明だが、とにかく異常事態だ。

その時、「ピコン」とスマホが鳴った。

何事かと思って画面を確認すると、〈ライソ〉の通知だった。

ライソとは、チャットや音声通話ができる無料アプリのこと。メールや電話よりも使い勝手が良いため、大半の人間はライソでやり取りをしている。

どうやら、学校のグループチャットで誰かが発言したようだ。

それを皮切りにチャット欄が加速する。恐ろしい速度でログが流れていく。

「うおおおおおおおおおおおお！」

思わず叫ぶ。今までうざいだけだったグループチャットが、今では心の拠り所だ。

目が覚めて以降、もしかしてこの世界には自分しかいないのではないか、と思い始めていた。

だが、そんなことはなかった。他にも人がいるのだ。

「なるほど、俺以外の人も……」

皆の発言を整理した結果、他の連中も同じ状況だと分かった。ただ、大半の人間は、海ではなく森の中にいるようだ。起きたら知らない場所にいたということで、チャット欄が阿鼻叫喚のパニック状態に陥っていた。

「この中を探索すれば誰かと会えるかもしれんな」

こんな訳も分からない状況で一人なのはまずい。

俺は同級生を求めて森の中に足を踏み入れた。

獣道と思しき細い道を歩いて行く。同じような道が至る所に見られた。特徴的な物がなにもない。気を抜くと迷子になりそうだ。

「足がいてぇな……」

俺が履いている靴は上履きだ。校内用の物であり、運動用ではない。そのため、地面の感触がダイレクトに足の裏を刺激してくる。運動靴なら気にならないような小石ですら、踏むと不快な気分になった。

「それにしても、充電切れとか怖くないのかな?」

いつの間にか、ライソのグループチャットで通話が行われている。チャットのみならず通話もできるようだ。

俺も一瞬だけ通話に参加したが、すぐに切った。チャットと同じで、通話でも喚き声が凄かったからだ。聞いているだけで頭がおかしくなりそうだったし、何よりバッテリーの浪費を避けたかった。

「同じ学校の人間とだけ話せるのか、それともこの島にいる人間とだけ話せるのか。どちらにしろ、他人と話せる手段があるのはありがたい。大事にしていこう」

どうやらこの森は想像以上に広いようだ。歩けど歩けど人の姿が見当たらない。

その一方で、不思議な動物はしばしば見かけた。例えば、頭に角の生えたウサギがそうだ。

今のところは小動物ばかりだが、猛獣だっているかもしれない。

「襲われないか心配だな」

今の俺は武器になるようなものを持っていない。

あるのは、先ほど拾った木の枝くらいだ。太くて長いので杖として使っているが、一応、武器にもなるだろう。ただ、猛獣に太刀打ち出来る程の頼もしさはない。熊のような猛獣に遭遇したら絶体絶命だ。

そんなことを思っていると不安が強まってきた。誰かと合流できればと森に入ったが、今では「猛獣に襲われたらどうしよう」という不安で頭がいっぱいだ。

「よし、この辺で打ち切りだ！」

捜索をやめて引き返そう。大人しく海辺で焚き火でもして救助を待とう。火の熾し方は分からないけれど、ググれば解決するはずだ。

そう考えて身体を翻そうとした時だった。

「他の人も森の中みたいだけど誰も見当たらないね」

「てかさ、このタイミングで大雨になったら最悪だよね」

「ちょっと波留、そういうこと言わないでよ。現実になりそうじゃん」

女子の話し声が聞こえてくる。

声のする方向を見ると三人の女子がいた。クラスカーストの上位に君臨する連中だ。

普段は俺如きが声を掛けるなんてありえない相手だが——。

「待ってくれ！」

——俺は迷うことなく声を掛けた。

００２　ググった知識でドヤ顔ですよ

俺のクラスカーストは下の中だ。イジメこそ受けていないものの、相手にされることもない位置。どういう人間か一言で表すと〝地味〟に尽きる。クラスで最も影の薄いタイプと言えるだろう。

そんな俺がクラスカースト最上位の女子達に話しかけたわけだが――。

「よかったぁー！　他に人がいたよ！」

「私達だけじゃないって分かって安心したね」

「声を掛けてくれてありがとうね、藤堂君」

女子達は快く受け入れてくれた。現状に不安なのは向こうも同じだったようだ。

「藤堂、他に誰か見ていない？」

そう尋ねてきたのは、俺と同じ三年一組の桐生波留。茶色のミディアムヘアと明るい性格が特徴的で、このグループのムードメーカーだ。

「いや、見ていないな。栗原を捜しているのか？」

「そうなの」と、波留の隣に立っている黒いセミロングの女子が頷く。

この女子グループの中で最も背が低い峰岸千草だ。背は低くても、胸は誰よりも大きい。俺のことを「藤堂君」と呼ぶ唯一の女で、同じく三年一組。

「藤堂君はこの辺りで目が覚めたの？」

千草の問いに、「いや」と俺は首を振った。

「俺は海辺。あっちの方に歩くと森を抜けられて、そこに海があるよ」

「海辺で目覚めたのに森へ入ってきたんだ？」

卯月由衣（うづきゆい）が尋ねてきた。ワインレッドの髪は、いつ見ても毛先が顎のラインで揃（そろ）っている。

彼女は二組だが、二年までは同じクラスだったので面識があった。

「一人だと不安でな」

「あー、それな！」と頷く波留。

「でも、今は猛獣に襲われないか不安だよ」

「ちょっと、怖いこと言わないでよ、藤堂君」

むすっとした千草に睨（にら）まれる。

(どいつもこいつも飛び抜けて可愛（かわい）いよなぁ、マジで)

彼女らは学年でも屈指の人気を誇っている。数多（あまた）の男が告白しては玉砕していった。その人気を裏付けるように、揃いも揃って容姿のレベルが半端ない。

「ところでさ、藤堂」

由衣が上目遣いで見てきた。

「歩美（あゆみ）と合流したいんだけど、何か名案とかない？」

歩美とは、三年二組の栗原歩美のことだ。

彼女らは普段、歩美を含めた四人でつるんでいる。

「えっ？　俺に訊くの？」

「私らだけだとお手上げだから、何か案があれば教えてほしいなって」

分かるかよそんなもの――と思ったが、そうは言わなかった。可愛い女子達を落胆させたくないからだ。

なので、全力で知恵を振り絞り、答えを導き出した。

「どこか目印になるような場所で待つってのは？」

「目印になるような場所なんかあったかな」

「ないなら目印を作るとか。例えば狼煙を上げたりしてさ」

「それは名案だと思うけれど、そんなことできるの？」

「できるよ」

「「「おおー！」」」

女子達が目を輝かす。

俺は心の中で「やべぇ」と叫んだ。

（見栄を張っちまったぞ、おい！）

本当は狼煙を上げる方法なんて知らない。そもそも火の熾し方を知らないのだ。普段は声も掛けられないような女子達にちやほやしてもらいたくて、ついやっちまった。

だからといって、「実はできません」とは口が裂けても言えない。一度「できる」と言ってしまった以上、その姿勢を貫くしかなかった。

「それなら川で狼煙を上げようよ。私達、藤堂と合流する前に川を見つけたの。そこだったら狼煙用の火が周辺の木に燃え移らなくて安心でしょ？」

「由衣は賢いなぁ！」と波留が声を弾ませた。

「そ、そうだな、そうしよう」

俺は引きつった笑みを浮かべる。

こうして俺達は川へ向かって歩き出した。

道中、俺はスマホで火の熾し方を調べまくった。


目的の川辺に到着した。

勝手に小川を想像していたが、実際は幅一〇メートル程の立派な川だ。川の水は底が透けて見えるほど綺麗(きれい)で、そのままでも飲めそうに感じた。

「喉カラカラだしこの水を飲もーっと！」

波留が川の水を手ですくうので、俺は慌てて止めた。

「そのまま飲むと腹を下す恐れがある」

「えっ、そうなの!?」

「知らない水を飲む時は煮沸消毒が基本だ」

「「おおー」」

女子達が感心している。

「藤堂って詳しいんだね」

「なぁに、サバイバルの基本さ」

本当は先程まで知らなかった知識だ。火の熾し方を調べる過程で、サバイバルの知識もいくらか身に着けてしまった。

もちろん上辺だけの知識だ。詳しく訊かれたら答えに窮するだろう。それでも、この知識を武器に凌（しの）ぐしかない。サバイバルに詳しい男を演じきってやる。

「じゃ、火を熾すぜ」

「なんか頼もしい」と、千草が拍手する。

波留と由衣も「うんうん」と頷く。

「藤堂と最初に遭遇したのは当たりだったなぁ！」

波留が嬉（うれ）しそうに言った。

反射的に「遭遇って言葉はだな」と指摘したくなるが、寸前のところで思いとどまった。細かい言葉の指摘など、うざがられるだけだ。

「火を熾すには材料が必要だ。三人は手分けして小枝や枯れ草などを集めてきてくれ。俺も火熾しの道具として使う為（ため）の木を調達するよ」

「木で火を熾すって……もしかして、棒を回転させるアレでやるつもり？」

由衣が両手を合わせて前後に擦（こす）る。木の棒を回転させているイメージだろう。

「その通り。きりもみ式って言うんだぜ」

ググった知識をドヤ顔で披露する俺。

「「「おおー！」」」

これまた歓声が起こる。

「藤堂君って、無人島生活の経験でもあるの？」

「学校じゃいつも寝てる印象だったけど」

「すげーじゃん！　なんか頼りになるぞ！　藤堂！」

女子のテンションは上がる一方だ。

それに比例して、俺の心臓は張り裂けそうになっていく。

「別に。ただの素人だよ。じゃ、行動開始だ」

俺の指示に従う女子達。それはなんとも不思議な光景だった。

「あとは本番で成功させるだけだな……」

いい感じの木の板と棒を集めて、その時に備える。

川辺の砂利道に突っ立って目を瞑(つぶ)り、何度もイメージトレーニングを繰り返す。木の板に棒を当て、激しく左右に回転させ、摩擦熱を利用して火を熾す――たったそれだけのことだ。大丈夫。できるはずだ。縄文人にだってできたのだから。

「キュイー」

イメトレに耽(ふけ)っていると、動物の鳴き声が聞こえた。

目を開けると、目の前には頭に角の生えたウサギの姿が。

「これは……チャンス！」

このウサギを狩って食料にしよう。ウサギ程度なら、杖として使っている木の枝でも殴り殺せるはずだ。

（火熾しに加えて食料の調達もしたとなれば……爆上げだろ、俺の好感度！）

サバイバルの達人になりきっている俺は、それらしい行動に徹する。

「おらぁ！」

足下に落ちていた石を角ウサギに投げつける。

石は角ウサギの顔面に命中した。びっくりだ。当たるとは思わなかった。

「キュイィ……」

角ウサギの動きが鈍くなった。

俺は枝を両手で持ち、追い打ちをかける。背後から角ウサギに近づき、後頭部めがけて強烈な一撃をお見舞いする。

角ウサギは一撃で死んだ。四肢を広げて地面にへばりついている。内臓などは飛び出していないものの、なかなかグロテスクな光景だ。

「このままだとドン引きされるな。川の水で洗うか」

女子達が戻ってきつつある。

俺は慌てて角ウサギの死体を持ち、川へ向かおうとする。

「はっ？」

だが、俺が摑んだ瞬間、角ウサギは忽然と消えた。滑り落ちたとかではなく、完全に消え失せたのだ。今まで手にあったはずの感触がなくなった。

驚いていると、俺のスマホが鳴りだした。電子マネーをチャージした時のような「チャリーン♪」という音だ。聞き覚えのない音色だった。

「なになに、ライソ？」

波留が近づいてくる。その後ろには千草と由衣の姿も。

「いや、違うようだ。でも、こんなアプリ入れてたかなぁ」

俺はスマホを見ながら答えた。〈ガラパゴ〉というアプリが通知を出したようだが、そのアプリには覚えがない。

すると、横から俺のスマホを覗いていた波留が声を上げた。

「それ謎アプリじゃん！」

003 初めてのお買い物

俺はスマホのことをよく知らない。

天気予報と時間の確認でしか使わないからだ。それ以外で使うことといえば、まとめブログとトゥイッターを覗く程度。音楽は聴かないし、動画サイトはＰＣで視聴する。

だから、〈ガラパゴ〉がこの島に来てから入ったアプリだと知らなかった。

どうやら俺だけではなく、全員のスマホに入っているらしい。スマホ依存症の女子達……というか、殆どの人は一瞬で気付いたそうだ。

「思ったんだけどさ、藤堂のスマホってアプリ少なくね⁉」

波留がジーッと俺のスマホを眺める。

その言葉に千草が反応した。後ろから俺のスマホを覗き込む。

「写真の加工アプリとか何もないんだね。ゲームも殆どないし」

「なんのためのスマホだ！　おじいちゃんかよ！」

自分のツッコミでゲラゲラと笑う波留。

千草も「それは言いすぎ」と言いつつ、笑いを堪えきれていない。

「それより、藤堂のスマホでこの謎アプリを起動してみない？」

由衣が提案する。

彼女らは今まで〈ガラパゴ〉を起動できずにいた。ウイルスだったらどうしよう、と不安になっていたのだ。

「俺を人柱にするわけだな」

「藤堂はあまりスマホにこだわりなさそうだし、それにアプリの通知があったのは藤堂のスマホだからね」

「それもそうだな」

俺は由衣の言葉に従い、〈ガラパゴ〉をタップする。アプリが一瞬で起動した。

「パッと見は通販サイトのようなデザインだな」

色々な商品が並んでいて、その下に価格が記載されている。

価格の単位は「円」ではなく「pt」だ。ポイントと読むのだろう。

商品のジャンルは左にあるサイドメニューから選ぶ模様。

画面の上部には五つのタブがある。タブの項目は〈購入〉〈販売〉〈クエスト〉〈フレンド〉〈履歴〉で、起動時に開かれていたのは購入タブだ。

「なんだかａｍｏｚｏｎみたいだね」と千草。

「タイムセールと令和最新版モデルがあれば完璧だね」

淡々とした口調で由衣が言う。

波留と千草は声を上げて、俺はクスリと静かに笑った。

「ａｍｏｚｏｎはおいといて、これ、どうすればいいんだ？」

由衣にスマホの画面を見せながら尋ねる。

「何か通知があったわけだから、とりあえず履歴でいいんじゃない？」

「なら履歴を開くぜ」

履歴のタブをタップするとログが表示された。

ホーンラビットを倒した：１０５４８ポイントを獲得

クエスト「動物を狩ろう」をクリア：10000ポイントを獲得

「ホーンラビットって、さっき倒した角ウサギのことか」

「藤堂君、ウサギを殺したの？」

驚いた様子の千草。もしかするとドン引きしているのかもしれない。

「しょ、食料にしようと思ってだな」

びくびくしながら俺は答えた。

「…………」

千草は何も言わない。波留と由衣も無言で俺を見ている。

やはりウサギを殺したのはまずかったか。——と思った、次の瞬間。

「「さすが！」」

どうやら問題なかったようだ。安堵した。

「で、そのウサギは？」と由衣。

「いきなり消えたんだ。で、〈ガラパゴ〉が通知音を鳴らした」

俺は〈ガラパゴ〉の画面を眺める。ポイントを獲得したとのことだから、どこかに残高が表示されているはずだ。

くまなく探したところ、残高は右下の隅に表示されていた。それによると、俺は20548ポイントを所持しているようだ。

「たぶんこのポイントは買い物に使えるんだよな？　購入タブにある商品の」

同意を求めるように女子達を見る。

「そうに決まってるっしょ！」と波留。

「クエストって、なんだかゲームみたいだね」

由衣がクエストのタブをタップする。しかし、画面が切り替わらない。「あれ？」と言いつつ、彼女はもう一度タップする。だが、やはり反応しない。

見かねた波留と千草もタップするが、結果は同じだった。

「もしかしてクエストは未実装なのかな？」

そう言って俺がクエストのタブをタップすると、普通に反応した。

「俺だけが操作できる……。俺のスマホだからか？」

「そんなシステム聞いたことないって！　たまたまっしょ！」

波留が即座に否定するけれど、由衣はそれに同意しなかった。

「試してみれば分かるよ。私達も自分のスマホで〈ガラパゴ〉を開いてみよ。あ、でも、波留か千草は開かないでもらえる？　もしもこのアプリを開いたことが原因でスマホが壊れたら困るし。緊急時に備えて一人は様子見ってことで」

「なら私は安全が確認されてから開くよ。人柱の諸君、頼むよ！」

波留が様子見枠に立候補。

千草と由衣は自身のスマホで〈ガラパゴ〉を開き、互いに操作可能かを確かめ合う。

「藤堂の言う通りみたいね」

検証の結果、スマホの所持者以外は〈ガラパゴ〉を操作できないと分かった。

「折角だし、このポイントを使って何か買ってもいいかな？」

スマホを見せながら尋ねる。彼女らの検証中に、買いたい物を決めておいたのだ。

「別に問題ないと思うけど、買ったらどうなるんだろうね」と由衣。

「目の前に出てくるんじゃねー？」

波留がふざけた調子で言う。

「ありえそう」千草が真顔で頷く。

「冗談に決まってるっしょ！」と波留は大笑い。

（なんで波留はこの局面で底なしの明るさなんだ……）

俺は波留の神経を羨ましく思いつつ、目当ての物を購入する。

購入自体は通販サイトと同じ要領でスムーズに行えた。ただ、配送先の指定などはなかったが、どうやって届くのだろう。

そんな疑問を抱きながら購入が終わると、唐突にカメラアプリが起動する。画面上部には、商品の配置場所を選択してください、と書いてある。

「どういうことだ？」

「撮影ボタンが配置ボタンになってるよ」

「あっ、ほんとだ」

千草に言われて気付いた。画面の下部にある撮影ボタンが、「配置」と書かれたボタンに変わっている。

「『配置』を押せばマジで買った物が現れそうだな」

俺は指を配置ボタンに近づけると、押す前に確認する。

「押すぞ？　いいか？」

三人はゴクリと唾を飲みながら頷く。

強烈な好奇心と緊張感を抱きながら、俺はボタンを押した。

004　ファイヤースターター様々だぜ

案の定、どこからともなく商品が現れた。

俺が500ポイントで購入した商品――ファイヤースターターの登場だ。

ファイヤースターターはキャンプグッズの一つで、火を熾すのに使われる。点火棒と呼ばれる棒をナイフ等で擦り、その際に出る火花で火を熾す仕組みだ。俺の買ったファイヤースターターには、ナイフの代わりにプレートが付いていた。

ググって得た知識によると、ファイヤースターターを使った火熾しはとんでもなく簡単だ。コレさえあれば、きりもみ式などという原始的な方法は必要ない。

「なにこれ？」

「変な黒い棒と銀のプレート？」

「何に使うんだろう？」

首を傾げる女子達。

俺はドヤ顔で言う。

「クックック、コイツは火を熾すのに使う道具さ。まぁ見てな」

女子達の集めた枯れ草をまとめて山にする。その下にファイヤースターターを入れ、プレートと点火棒を素早く擦る。マッチと同じような感覚だ。

あっさり火が点いた。作業時間は数十秒。一分にも満たなかった。

「「「すごっ！」」」

女子達の反応が、俺をますます調子づかせる。

「これはファイヤースターターといって、誰でも簡単に火熾しができるキャンプ道具さ。これがあれば、三人も焚き火を」

チャリーン♪

話している最中にスマホが鳴る。また〈ガラパゴ〉だ。履歴を確認した。

クエスト「物を買おう」をクリア：１０００００ポイントを獲得
クエスト「火を熾そう」をクリア：１００００００ポイントを獲得

どうやらクエストをクリアしたらしい。所持金が約40000ポイントになった。

今度はクエストを確認する。

クエストの内容は、サバイバル活動に関連しているものが多かった。火を熾そうとか、料理を作ろうとか。クエストの報酬額は大半が10000ポイントだ。

既にクリアしたクエストは「クリア済み」となっている。報酬は一度しか発生しないようだ。

「藤堂、もしよかったら、その火を熾すやつ貸してもらってもいい？　私達もクエストをクリアしておきたいから」

由衣がブツをよこせとばかりにこちらへ手を向ける。

「別にいいけど、他人が買った物でも問題ないのかな？」

「それも今から分かるよ」

「それもそうだな」

俺がファイヤースターターを渡すと、由衣はそれを枯れ草の前で構えた。

「持ち方とかこれで大丈夫？」

「大丈夫だと思うよ」

「ならいいけど」

そう言って、由衣が火熾しに挑戦する。

一発で成功した。彼女のスマホから「チャリーン」と音が鳴る。

「他人の道具でも問題ないようだね」

由衣がファイヤースターターを波留に渡す。

波留も同じ要領で適当な枯れ草を燃やした。

「なんだ、火熾しって簡単じゃん！」

満足気に炎を眺めながら、波留はファイヤースターターを千草に渡す。

千草も問題なく火を熾した。

こうして、全員が「火を熾そう」のクエストを達成する。

「思ったより煙が出ないね」

俺の作ったひときわ大きな焚き火を見ながら、由衣が呟いた。

「これじゃあ、歩美に目印として教えられないじゃん！」

波留が唇を尖らす。

「木の枝とかもっと追加するといいのかな？」

千草が答えを求めるように俺を見る。

「いや、それはよろしくない。火力が上がるだけで煙は増えない」

ここでもググった知識が大爆発。

「じゃあ、どうやったらいいの？」

「燃料を変えるんだ。煙のよく出る物を燃やす」

俺は〈ガラパゴ〉で商品を物色する。煙を上げるのに適した商品が何かしらあるはずだ。

最初はゴムを燃やそうと考えた。燃えると強烈な黒煙を放つことで知られているからだ。ただ、その煙が安全なのかどうか分からないのでやめた。もしも有害だったら、俺達の健康状態が危ぶまれる。

「このアプリ、材料と完成品で価格に大きな差があるんだな」

商品を眺めていて気付いた。

「どういうこと?」と由衣。

「例えば焚き火だ。焚き火という商品もあって、買うと目の前に完成した焚き火を設置できるらしい。だが、コイツの値段は2000ポイントもする。しかも、たった一回の焚き火で2000ポイントだ。一方、ファイヤースターターを500ポイントで買って、自分達で材料を集めれば、何度だって焚き火ができる」

「なるほど」

「本当だ。藤堂君の言った通り、食材は安いのに完成した料理は高いよ」

千草が「ほら」と皆に画面を見せる。

調理前の鮎が一匹250ポイントなのに対し、完成した鮎の塩焼きは一匹3000ポイントだった。塩をまぶして焼くだけの作業を自分でするかどうかで、2750ポイントも違ってくるのだ。

「お腹いっぱい食べようと思ったら自分で調理する必要があるね」と由衣。

「やったな千草!　得意の料理技術を活かせる時だぞ!」

「おいおい」

俺は苦笑いで割って入った。話が脱線している。

「今は栗原との合流について考えるべきだろ、メシはその後だ」

「はーい」

三人は笑いながら反省の弁を述べる。

「よし、これにしよう」

俺が狼煙(のろし)の燃料に選んだのはスギの葉だ。こんな物まで売っているのか、と見つけた時は驚いた。価格は一〇〇グラム当たり100ポイントと、極めてリーズナブルだ。

「どうしてスギにしたの？　他じゃダメなの？」

由衣が好奇心に満ちた目で尋ねてくる。

「針葉樹なら何でもいいと思うよ」

「どういうこと？」

「針葉樹は燃えると煙がすげーでるんだ。だから、狼煙を上げるには針葉樹の葉を燃やすのが最適ってこと。サバイバルの基本だね」

「そうなんだ。やっぱり藤堂は頼りになるなぁ」

「まぁな」

正直、俺には針葉樹と広葉樹の違いすら分からない。適当な葉を見せられて「これはどっち？」と訊(き)かれたらおしまいだ。

そんな俺でも頼れる男として振る舞えている。流石(さすが)はググール先生だ。

「うおおおおおおおお！」

波留が叫ぶ。燃えたスギの葉が大量の煙を上げ始めたのだ。

（これ大丈夫なのか……？）

煙の量は俺の想像を遥かに凌駕していた。

俺のイメージでは、一筋の煙が空に上っていくもの。

しかし現実は違う。大火事でも起きているかの如き勢いだ。瞬く間に周囲が煙に包まれてしまう。視界の殆どが煙で埋まっていた。

「すごっ！　藤堂、凄すぎ！」

「藤堂君は本当にサバイバルの達人だ。カッコイイよ」

「これなら歩美もすぐに気付くだろうね」

女子達は純粋に目を輝かせている。空を覆いそうな煙を見てたいへん満足気だ。

（早くここから逃げよう。この煙の量はヤバいって）

そう心の中で泣きながら、俺は「狼煙なんて余裕だよ」と笑った。

005　だって仲間っしょ！

「川辺で食べる鮎の塩焼きって最高だね。焼けたよ、はい、藤堂君」

「おっ、ありがとう」

狼煙から少し離れた場所に焚き火を作り、俺達は食事を堪能していた。

この島で初めて食べる料理は鮎の塩焼きだ。シンプルだけれど、これが文句なしに美味い。10ポイントで竹の串を買い、それに250ポイントで買った鮎を突き刺す。そこへ、100ポイントで買ったソルトミルをガリガリして塩をぶちまけて焼けば完成だ。

驚いたことに、この程度の作業も料理として扱われた。クエスト「料理を作ろう」がクリアされたのだ。さらにその塩焼きを食べたことで、「料理を食べよう」のクエストもクリア済みになった。

クエスト報酬のおかげでお金がもりもり増えていく。俺達の所持金は、合わせると10万ポイントを突破していた。

「釣りがしたい！　私は釣りがしたいぞー！」

波留が串を片手に叫ぶ。

「へぇ、波留って釣りが好きなの？」と驚いた様子の由衣。

「やったことないから分からーん！」

「だったらさ、歩美が来るまでの間、釣りをしてみたらどう？　なんかそういうクエストもあったよね？」

由衣の視線がこちらに流れてきた。

俺は〈ガラパゴ〉を確認して「たしかにあるな」と頷く。

「釣り関連と思われるのは、『魚を釣ろう』と『釣り竿を作ろう』の二つ。仮に釣れなくても、釣り竿を作った時点で報酬を貰えるようだ」

「いいじゃん！　大地、釣り竿を作ってくれよ！」

波留が立ち上がる。

いきなり下の名前で呼ばれて、俺は固まった。由衣と千草も驚いている。

「今、藤堂のこと大地って呼ばなかった？」

突っ込んだのは由衣だ。

「そうだけど、もしかして名前、間違ってた？」波留が俺を見る。

「いや、間違ってないよ。ただ、急に下の名前だから驚いたな」

「だってウチら仲間っしょ！」

波留がニィっと白い歯を見せて笑う。親密度がアップしたので呼称を変えたようだ。

「私のことも波留って呼んでくれていいよ！」

「い、いいのか」

「もちろん！」

女子を下の名前で呼んだ経験なんてない。俺は密かに焦った。

心の中で何度も「波留……波留……」と繰り返す。心の中ですらぎこちなかった。口に出すと「波留さん」になってしまいそうな気がする。俺と波留のコミュニケーション能力の差を痛感した。

「そういうことなら、私も大地って呼ばせてもらおうかな」

「なら私も大地君で」

由衣と千草が笑みを浮かべる。

なんだか照れくさくなり、俺は後頭部を掻いた。

「せっかくだし〈ガラパゴ〉でフレンド登録したらどうよ？　私は開けないから分からないけど、なんかそういう機能もあるんしょ？」

「それもそうだな」

俺達三人はそれぞれの〈ガラパゴ〉でフレンドタブを開く。

フレンド画面は、ソシャゲによくあるフレンドリストといった感じだ。フレンドの追加と削除が行える。登録方法も同じようなものだった。

「これでフレンドになったわけか」

「ソシャゲだとフレンドのキャラを救援に呼べたりするけど……」

「このアプリにそういうのは無さそうだね」

フレンドの利点がよく分からない。ただ、わざわざ機能として存在しているのだから何かあるのだろう。たぶん。

「自分で言っておいてなんだけど、私だけフレンドじゃないってなんか嫌だなぁ。ハブられてるみたいじゃん！」

「だったら波留も起動する？」と由衣。

「いーや」

波留は首を横に振った。

「まだ様子見しとく！　何があるか分からないし！」

栗原歩美が到着するまでの間、俺と千草は周辺を歩き回ることにした。角ウサギ等の生き物を倒してお金を稼ごう、という考えだ。

原理はよく分からないけれど、〈ガラパゴ〉が生命線なのは間違いない。明るい間にお金を貯めておけば夜も安全だ。

波留と由衣は狼煙の近くで待機して歩美を待っている。二人は釣りをするそうだ。

いつの間にか、俺達はこの島で暮らすことを前提に動いていた。

「やっぱりまともな靴があると違うね」

「謎ブランドの靴だけど、この履き心地は最高だな」

俺達は5000ポイントで運動靴を購入した。

靴は何種類もあって、商品説明によれば価格によって性能が異なるらしい。価格は1000から10000。俺達が買ったのはちょうど真ん中、ミドルクラスの品だ。

この靴、見た目は謎のブランドロゴが入った普通のスニーカーといった感じ。

しかしその履き心地は、俺の知る限り最高だった。石コロを踏んでも痛くないし、足への負担も皆無だ。それでいて、靴の購入画面にサイズの選択項目がなかったのにもかかわらず、どういうわけかサイズがピッタリだった。購入者のサイズに自動調整される模様。

「いたよ、大地君」

千草が角ウサギを発見する。

角ウサギも俺達に気付いており、露骨に警戒していた。

「クエストのためにも千草が倒すんだ」

俺は木の枝を千草に渡す。川で角ウサギを撲殺した時に使った物だ。

「うん、分かった」

千草はそれを受け取ると、緊張感を漂わせた。

「失敗したらごめんね」

「大丈夫。最初は誰でも初心者だ」

俺達は左右に展開して挟み撃ちを試みることにした。

角ウサギは主に俺を警戒しており、常に体の正面をこちらに向けている。

「いくぞ！」

合図と共に、俺は石コロを投げつける。だが、今回は命中しなかった。やはり前回は運が良かっただけのようだ。

「キュー！」

角ウサギは可愛（かわい）らしい鳴き声を上げて逃げていく。戦う気はない様子。

逃げた先には千草が待ち構えていた。

「えいっ」

角ウサギに劣らぬ可愛らしい声で千草が攻撃する。その声に反して、攻撃は驚くほどに的確だった。さながらゴルフのように、角ウサギが打ち上げられる。

「キュッ……」

派手に吹き飛ばされた角ウサギは、全身を木に激突させた。

「千草、トドメだ！」

「任せて！」

千草が追い打ちをかけようとする。――が、その必要はなかった。

角ウサギが消えたのだ。絶命したのだろう。

千草のスマホが「チャリーン♪」と鳴った。

「やった！」

千草はスマホを確認すると、グッと喜びの握りこぶしを作った。

「見て、大地君。私のほうが大地君のより高いよ、討伐報酬」

千草がスマホを見せてくる。たしかに、俺の時より１０００ポイントほど高い。

「ゲームの経験値と同じで、敵によって差があるのだろう。たぶん千草が倒した角ウサギことホーンラビットは、俺の倒した奴(やつ)よりもレベルが高かったんだ」

「おー！　なんだか嬉(うれ)しいなぁ」

千草は自分のスマホを見て目をキラキラさせている。まるでとんでもない大物を倒したかのような反応だ。

「この調子であと一〇匹ほど狩ろうか」

「えっ？　一〇匹も？」

「最低でも五匹だな」

そう言うと、俺は詳しく説明した。

「材料からメシを作るにしても、しっかり食べるなら食費は一食当たり2000から3000ポイントはかかるだろう。栗原も含めると五人になるから、一食にかかる食費は多めに見積もると計15000ポイントってところだ。日に二・三回は食事するわけだから、余裕を見て最低でも50000はほしい。稼げない日のことも考えるなら倍の10万が目標だ」

「そう説明されるとしっくりくるなぁ」

千草は感心したように俺を見る。

「やっぱり大地君はプロだね。凄い考えている」

「一応リーダーだからね」

どういうわけか、俺はリーダーに任命されていた。

これは波留が提案したことだが、千草と由衣もそれに賛成した。更には、まともに話したことのない栗原歩美ですら、ライソで賛成票を投じた。

「じゃあ、この後も探索ということでいいでしょうか？　リーダー」

「そうしよう」

俺が頷くと、彼女は「ラジャ」と敬礼する。

制服を着た美少女の敬礼姿に、新たな性癖が目覚めそうだ。

ここだけの話、俺は今を楽しく思い始めていた。

006 〇〇〇如きで大袈裟な

俺と千草の狩りは順調に進んだ。獲物を角ウサギに限定することにより、短時間で七匹の討伐に成功した。

角ウサギの他には、見るからに危険そうなヘビにも遭遇したが、そいつはスルーだ。

千草は「大地君と一緒なら大丈夫な気がする」などと言っていたが、慎重派の俺は「なにがあるか分からないから」と直ちに却下。ヘビを狩るには、ググール先生に相談して知恵を授けてもらう必要がある。

それに、狩るなら小さなヘビからだ。俺達が遭遇したヘビは、ニシキヘビを彷彿させる大きさだった。とてもではないが、角ウサギと同じ要領で倒せるとは思えない。

「歩美が到着したって！」

千草が報告してきた。栗原歩美が波留達と合流したようだ。

「なら戻るか」

日が暮れ始めている。

俺は寝床の確保について考えていた。

（このままだと野宿だな……）

家も〈ガラパゴ〉で買えるのだが、俺達には買う資格がなかった。金銭的にも厳しいけれど、なによりの問題は謎のエラーログが出ることだ。

『住居を購入するには、土地を獲得する必要があります』

家を買うには土地が必要らしいが、その土地を買う方法が分からない。

商品ジャンルの中に「土地」があるので、そこから土地の購入を選択すると、何故かカメラアプリが起動するのだ。買いたい土地を選べ、と。しかし、実際に適当な土地を選んで撮影ボタンを押すと、これまた別のエラーログが表示される。

『指定された土地は拠点に隣接しておりません』

このログから分かるのは、住居と拠点が別物ということ。住居を買うには土地が必要で、土地は拠点に隣接している必要がある。

すると、必然的に浮かぶ疑問は「拠点とは？」というもの。当然ながら、その答えは分からない。つまりお手上げだった。

「野宿はまずいよなぁ色々と……」

考えていることが口からこぼれる。

その声が耳に入ったようで、千草が足を止めた。

「そのことなんだけど、洞窟ってどうかな？」

「洞窟？」

「実は大地君と出会う前、洞窟を見つけたんだよね」

「川だけじゃなくて洞窟まで見つけていたのか！」

それを先に言えよ、と言いそうになる。洞窟のことは完全に初耳だった。川辺で二手に分かれる前、誰一人として洞窟のことなど言っていなかった。

常識的に考えて、洞窟は住居に向いている。雨風を凌（しの）げるし、温度調整だってしやすい。この島の夜がとんでもなく冷え込んだとしても安心だ。

洞窟があれば謎のエラーログに頭を抱える必要もない。原始人のように洞窟の中を拡充させていけば良い話だ。

「なんで今まで黙っていたんだ？」

俺の知る限り、千草達は決して馬鹿ではない。住居の話をすれば、洞窟についてピンときたはずだ。いや、するまでもなく分かっていただろう。住居に関する問題が持ちあがることは、目が覚めた時点から想定できていたはずだ。

あえて洞窟の存在を言わなかったのには、何か理由があるに違いない。

「実は……」

千草は不安そうな顔で言った。

「洞窟にはすごく危なそうな動物がいたの」

「危なそうな動物？　ライオンとかトラか？」

ううん、と首を横に振る千草。

「ゴリラ……なんだよね」

「ゴリラ⁉」

予想外の回答だった。

たしかにゴリラは危険な動物に入る。賢くて、力が強くて、見かけに反して機敏だ。怒らせると怖い。しかし、不安そうな顔で言うほどかと言えば違うだろう。

「その顔、『ゴリラ如きで大袈裟な』って言いたそうだね」

千草がむすっと頬を膨らませる。

「そんなことないよ」

慌てて否定するが、実際にはそんなことある。ゴリラ如きで大袈裟だと思った。

「見れば分かるよ。普通のゴリラと違うんだから」

千草が進路を変える。洞窟へ案内してくれるようだ。

「ライソでも誰かがその話をしていたよ。洞窟の猛獣はね、近づいたら襲ってくるの。大怪我をした人もいるって」

「ん？　ゴリラの棲む洞窟は他にもあるのか？」

俺が尋ねると、千草は驚いた。

「えっ？　大地君、ライソ見てないの？」

「あんまり見ていないな」

今から確認しようとするが、すぐにその気が失せた。未読のログが三五〇〇件もあったからだ。しかも最初の方は、ただ喚き散らしているだけである。

「なんかこの島には洞窟が点在しているみたいだよ。で、どこの洞窟にも猛獣が棲んでいるみたい。殆どはゴリラだけど、中にはトラを見たって人もいたよ」

「そうなんだ」

後で簡単に流し読みしておくか、とライソに対する考えを改める。千草の話を聞いている限り、何かしらの情報を得られる可能性は高そうだ。

「あそこだよ、洞窟」

そうこうしている内に洞窟が見えてきた。

「あれかぁ……」

洞窟は想像していたよりも浅かった。洞窟というより、少し窪みがある岩壁といった感じだ。遠目からでも奥の壁が見えている。奥行きは二・三メートルといったところか。幅も大して広くない。

ゴリラは洞窟の入口に立っていた。まるで洞窟を守る門番のように仁王立ちしている。

ゴリラを見た感想は「あっ、ヤバイ奴だ」だった。全長は優に三メートルを超えており、体毛が紫色なのだ。ゲームのボスにいそうな禍々しさをしている。あんなゴリラ、動物園や図鑑では一度も見たことがない。

「ね?」と、千草が引きつった俺の顔を覗き込む。

「たしかにあれは……」

近づいたらワンパンで顔面を粉砕される自信があった。とはいえ、あの洞窟は是が非でも欲しいところだ。

それに、あの紫ゴリラを倒せば大金を獲得できる可能性が高い。なにせ角ウサギで約１００００ポイントも得られるのだ。どう見てもヤバイ紫ゴリラなら、一体で１００万の価値があってもおかしくない。ここで大金をゲットできれば、生活に余裕が生まれるだろう。

あの洞窟が魅力的な理由は他にもある。

元が狂暴なゴリラの縄張りとなれば、他の動物はそうそう近寄らないだろう。今の俺が知る限り、あの洞窟が最も安全度の高い場所といえる。

「とりあえず川に戻って波留達と合流しよう。後のことはそれからで」

俺達は踵(きびす)を返して川に向かう。

道中の俺は、紫ゴリラと戦うことだけを考えていた。

何が何でもあの紫ゴリラをぶっ倒し、洞窟と大金をゲットしてやる。

００７　紫ゴリラをぶっ倒せ！

川まで戻り、波留達(たち)と合流する。

黒のぱっつんロングが特徴的な栗原歩美もそこにいた。由衣と同じ三年二組の女子で、俺とは一度も同じクラスになったことがない。

「よろしくね。大地って呼び捨てでもいい？」

歩美が握手を促すように手を差し出す。俺はその手に応えて握手した。

「別にかまわないよ。俺も下の名前で呼んでいいのかな？」

「もちろん。呼び捨てでかまわないよ」

歩美が小さく笑った。

(近くで見るとマジでモデルだな)

歩美の容姿は「モデルのよう」と評されることが多い。一七〇センチを超える身長に加えて、かなりの細身、それでいて貧乳だ。少し前から実際にモデルとして活動している。

「大地より歩美の方がデカくねぇ？」

握手を交わす俺達を見て、波留が言った。

「そうか？　俺の身長は一七二センチだけど」

「私も一七二だよ」

どうやら俺と歩美の身長は同じようだ。

「立ち方の問題だろうね。猫背じゃなくても、普通の人はやや前傾姿勢だから」

歩美の解説に、俺達は口を揃えて「なるほど」と納得した。

「ところで波留、その釣り竿、いい感じに改良したな」

波留が持っている釣り竿を見た。

彼女に頼まれて俺が作った釣り竿だ。作ったといっても、竹の竿に糸と針を付けただけなのだが。

それが知らない間に改良されていて、新たにガイド――糸を通すためのリング――が装備されていた。他にも、グリップ部分には布が巻かれている。

「歩美に弄(いじ)ってもらったの。さっきこの竿で魚を釣ったよ！」

「ほう、手先が器用なんだな」

歩美が「まぁね」と微笑(ほほえ)む。

「事務所の人に怒られるから、普段は手が傷つくようなことはしないんだけど、こういう状況だからちょっと張り切っちゃった」

「助かるよ。――それで波留、釣れた魚の価格は」

ここまで言ったところで思い出す。

「そうか、波留は様子見で〈ガラパゴ〉を起動していないのだったな」

「でも私には分かるよ！　たぶん10万くらいっしょ！」

「だといいけどな」

波留の言葉を笑って流し、雑談を切り上げる。

女子達が脱線して盛り上がる前に本題へ入った。

「さっき千草に連れられて、洞窟のゴリラを偵察してきたよ」

「あの紫ゴリラ見た？　やばいっしょ！」

「ああ、たしかにやばい。でも、あの洞窟は住居として相応(ふさわ)しい。家を買う方法が分からない以上、安全に夜を過ごすならあの洞窟は手に入れたいところだ」

「海辺じゃ駄目なの？　砂浜なら安全そうだけど」と由衣。

「それは俺も考えたけど、海は寒暖差が激しくなりやすい上に、波の動きが読めないと危険なんだ。それに、この海にいるかは分からないが、海にだって危険な生き物が棲息している。砂浜も安全とは言いがたい」

もちろんググって得た知識だ。戻る道中でこっそり調べた。

「おー」

感心しているのは歩美だ。

「波留達から聞いていたけど、大地って本当に頼もしいね。流石はリーダー」

俺は「まぁな」と笑いつつ、罪悪感に駆られていた。

嘘をつくのが辛くなってきていたのだ。彼女達は俺のことを仲間として扱ってくれているのに、俺はひたすら嘘に嘘を重ね続けている。

（人を騙しても心が痛まない性格ならもっと楽だったのにな）

住居を確保した後にでも、本当のことを話して謝ろう。

「で、どうやってあの紫ゴリラを倒すのさ？」

「〈ガラパゴ〉に武器が売っていたら楽なんだけどな」

「売っていないんだ？」と千草。

「銃はおろか刃物すら売ってないよ。たぶん材料を買って自分で作れってことだろう」

「材料って……」

「そんなわけだから武器は自作する必要がある。そこで、〈ガラパゴ〉を使ってサクサク作れそうな武器の中から、威力が高い物をピックアップした」

女子達が唾をゴクリと飲み込む。

俺は目当ての武器の作り方を解説しているサイトを皆に見せた。

「この武器さ」


武器の製作は小一時間で終了した。最初だから苦労したが、慣れたら一〇分足らずで作れるだろう。事前に入力しておけば、適切な形に加工した状態でパーツを買えるのが大きい。まさに〈ガラパゴ〉様々だ。

俺達は洞窟の近くまでやってきた。紫ゴリラが見えている。

「本当にこの武器であのゴリラを倒せるの？　私、こういうの経験ないよ」

珍しく不安そうな波留。

「大丈夫。クロスボウの経験が豊富な奴(やつ)なんていないさ」

俺達が作った武器――それはクロスボウだ。製作時に試し撃ちをしたところ、石の矢尻が木に深々と突き刺さった。殺傷能力は申し分ない。

「もっとも、コイツを使わないで済めば、それが一番なんだがな」

クロスボウの使用はあくまで予備プラン。素人の俺達が迫り来る元気なゴリラに矢を当てられるとは思えない。だから、もっと確実に攻撃できる卑怯な方法を考えておいた。

「クロスボウは足下に置いておこう」

俺は〈ガラパゴ〉で新たな買い物を行う。

買ったのは、片手で持てるスティック状のロケット花火とライターだ。どちらも人数分。

「導火線に火を点けてから発射までにタイムラグがあるから、俺が攻撃を仕掛けると同時に火を点けてくれ」

女子達にロケット花火とライターを与えると、俺だけ前進する。

紫ゴリラとの距離はおそらく五十メートル程。敵もこちらに気づいていて、ジッと俺を睨んでいるけれど、動こうとはしない。

ライソで誰かが言っていた通りだ。よほど近づかない限りは襲ってこない。

俺は〈ガラパゴ〉で追加の購入を行う。

今度は500ミリリットルの空ペットボトルを買った。同時にガソリンも購入し、ペットボトルに入れた状態で召喚。

「召喚前なら加工ができるって気付いた奴には感謝してもしきれんな」

これもライソで得た情報だ。

ライソはかなり使えるアプリに変貌していた。パニックは落ち着きを見せており、誰もが生きる為に頑張っている。活発に交換される情報は何かと参考になった。

「これでよし」

ガソリン入りペットボトルを二本用意し、それらの蓋を緩める。

後はこれを紫ゴリラに投げつけるだけだ。

「始めるぞ！」

俺は振り返り、女子達に向かって言った。

女子達が強く頷く。——作戦開始だ。

「うおおおおおお！」

ペットボトルを持って突っ込む俺。

「ウホホォ！」

紫ゴリラが反応する。敵の縄張りに踏み込んだようだ。

俺はすかさず片方のペットボトルを投げた。ペットボトルはくるくると縦に回転しながら飛び、緩んだ蓋が空中で開く。

「ウホ——————ッ!?」

紫ゴリラにガソリンの雨が降り注ぐ。

「もういっちょ！」

同じ要領で追撃のガソリン攻撃。

これも決まり、紫ゴリラをさらにガソリンまみれにした。

「大地、しゃがめぇえええええ！」

波留の声が聞こえる。

俺は慌ててその場に伏せ、後ろを見た。

「燃えろぉおおおお！」

波留達がロケット花火を紫ゴリラに向けながら突っ込んでくる。

ピューン！　ピューン！　ピューン！　ピューン！

彼女らの持っているスティックから一斉に花火が発射された。

波留の花火以外は紫ゴリラに直撃する。波留の花火だけは、大きく軌道が逸れて俺のケツに突き刺さった。

「あちぃいいいい！」

飛び跳ねる俺。

「大地ィイイイイイイイ！」

叫ぶ波留。

「ウホオオオオオオオオオオオッ！」

紫ゴリラが豪快に燃えた。

008　絶対に安全な場所

「やったか!?」

やっていないフラグを立ててくる波留。

紫ゴリラは大炎上し、その場に崩落して転がり回っている。

「分からないけど、とりあえずクロスボウを使うぞ！」

炎が消えるまで待つつもりなどない。待っていれば勝手に死ぬかもしれないが、確実さを求めるならここで追撃するのが正解だろう。

「持ってきたよ、大地君！」

俺の行動を先読みして、波留以外の三人がクロスボウを取ってきた。

俺達はクロスボウを構え、紫ゴリラとの距離を詰めていく。かつてない緊張感の中、約10メートルのところまで接近した。

「この距離なら外すまい。撃て！」

クロスボウを一斉射撃する。

五本の矢が燃えさかる紫ゴリラに突き刺さった。ロケット花火を盛大に外した波留も、ここではしっかりと命中させる。

「ウホオオオオオオオオオ！」

それが断末魔の叫びとなった。紫ゴリラは大の字に倒れ込むと、炎と共に消えた。

「やったぞ！　俺達の勝ちだ！」

全員の顔に自然と笑みが浮かぶ。

「さて、記念すべきジャイアントキリングを達成したのは誰かな？」

俺達はスマホを片手に音が鳴るのを待つ。

数秒後、スマホからファンファーレが流れた。

鳴ったのは――俺のスマホだ。

「大地が倒したのかよー！　私かと思ったのに！」悔しがる波留。

「いつもと音が違ったよね」

由衣が鋭い指摘をする。

「知らない音だったな」

俺は〈ガラパゴ〉を開いた。起動した瞬間、画面にログが表示される。


ボスの討伐おめでとうございます。

貴方(あなた)にこの拠点を購入する権利が与えられました。

一〇分以内に購入しない場合、この権利は失効します。

権利が失効するとボスが復活するのでご注意ください。


ログを閉じると、画面上部に「拠点」というタブが追加された。

そのタブをタップすると、拠点を購入するかどうかの選択肢が表示される。

「どうやらこの洞窟こそが拠点のようだ」

「じゃあ、この洞窟を買えば、隣接する土地を買えるようになって、その土地の上に家を建てられるってこと？」

由衣の確認に対し、「そういうことだろう」と頷く。

「じゃあ、早速買おうよ！　この洞窟！」

波留が言うと、他の女子も賛同する。

しかし、俺は苦悶の表情を浮かべた。

「そうしたいのだが、残念ながら購入資金が足りない」

拠点を買うには10万ポイントが必要だ。

しかし、俺の所持金は約70000。諸々を購入するのにお金を使いすぎた。

「どうやらあの紫ゴリラはお金にならないようだ。ボスを討伐しろってクエストの報酬で10000ポイントが入っただけで、ゴリラ自体は1ポイントにもなっていない」

履歴を確認しながら言う。

「クソじゃん！」と、波留が吠えた。

全く以てその通りだ。クソすぎる。

「お金をあげることってできないのかな？　私、30000ならあるけど」

歩美が自身の〈ガラパゴ〉を皆に見せる。

「たぶん無理だと思う。そういう項目がないし、ライソでも無理っぽいって意見が出ていたよ」

千草が残念そうに言った。

「おいおい、じゃあ、この拠点を放棄するってのかよ!?　そんなの嫌だぁぁぁ！　必死こいて倒したのに嫌だぁぁぁぁぁぁ！」

波留が両手を頭に当てながら崩れ落ちる。

大袈裟ではあるが、気持ち的には俺達も同じようなものだ。

「待って」

絶望のムードを断ち切ったのは由衣だ。

「お金をあげることは無理でも、これを使えばいけるんじゃない？」

そう言って由衣が指したのは販売タブだ。

「大地が何かを出品して、それを私達が買うの」

「その手があったか！」

全員が感動した。完璧なアイデアだ。

「さっそく試してみよう！」

拠点の購入権利は残り四分で失効する。

俺は慌てて操作し、その場に落ちていた石コロを出品した。

販売タブは初めて触る項目だったが、苦労することはなかった。よくあるフリマアプリと同じ要領でサクッと出品することができたのだ。

「うおっ」

出品が完了すると同時に、持っていた石コロが消えた。

「あとはこれを私達が買うだけね」

購入についても苦労せずに済んだ。いつも〈ガラパゴ〉で物を買う時と全く同じ方法で買うことができたからだ。商品ジャンルで「ユーザー」を選べば一覧が表示された。

「出品者が誰か分からない仕様なんだね」と由衣。

「ま、問題ないだろう。今は俺しか出品していないようだし」

「それもそうだね――買ったよ」

由衣の手元に、俺が３０００ポイントで出品した石が現れる。

いつもの「チャリーン♪」という音と共に、俺の所持金が10万ポイントを超えた。

「これなら！」

大急ぎで拠点タブを押す。購入の権利が失効するまで残り一〇秒を切っていた。

全力で購入ボタンを連打する。その結果――。

『おめでとうございます。この拠点は貴方の物になりました』

間に合った。ギリギリの中のギリギリで。

「よっしゃ！　拠点を買ったぞ！」

「「「うおおおおおおお！」」」

全員で歓声を上げ、ハイタッチをしまくる。

落ち着くと、俺は拠点タブに表示されている説明を読んだ。

「なんか拠点の中は安全らしい」

拠点内は絶対に安全とのこと。敵対生物は入ることができないそうだ。

「なら布団を買って拠点の中で寝ようよ！」

波留がウキウキで拠点に入ろうとする。しかし、彼女が洞窟の中に足を踏み入れようとした瞬間、とんでもない問題が起きた。

見えない壁に阻まれ、波留が後方に弾かれたのだ。

「いてぇ！　なにこれ⁉」

「もしかして、大地しか入れないってこと？」

由衣が試しに近づく。すると、何の問題もなく拠点の中に入れた。

千草と歩美も続くが、こちらも阻まれずに済む。

「えー、どうして⁉」

波留が発狂しながら再挑戦。

「あでぇッ！」

やはり彼女だけは弾かれてしまう。

俺を含めて、他の人間は拠点の中で首を傾げる。

「なんで私だけ駄目なんだよ！」

地面を蹴りつける波留。舞い上がった小石がこちらに飛んでくる――が、拠点の中に入ることはなかった。見えない壁が防いでくれたのだ。

「もしかして……」

今のでピンときた。俺は拠点タブの中から「入場制限」の項目を開く。

「やはり」

「どういうこと？」と由衣。

「フレンドじゃないからだ」

拠点には入場制限がかけられていた。デフォルトの設定は「フレンドのみ」になっている。他の選択肢は「本人のみ」「フレンドのフレンドまで」「制限なし」の三つ。

ここでフレンド機能が役に立つようだ。

「待ってろ、今すぐ『制限なし』に変更を」

「いや、私ともフレンドになろうよ！」

波留が言葉を遮る。

「流石にここまできて様子見もへったくれもないか」

「そういうこと！　それに私だけ仲間はずれって嫌だし！」

「たしかに」

「それにそれに！　私は釣った魚の値段が見たいんだ！」

波留はスマホを取り出し、〈ガラパゴ〉を起動した。サクサクとフレンド登録を済ませると、改めて拠点に近づいてくる。今度は問題なく中に入ることができた。

「えー！　あの魚たったの4000ポイントかよ！」

波留が悔しそうに喚く。川で釣った魚の値段にご不満のようだ。

「4000なら上等だろ。角ウサギと違って探し回る必要がないわけだし」

「慣れたら凄い効率で稼げそうだね」と由衣。

「なら私は釣りマスターになる！」

「魚の価値が分かったところで……」

俺は拠点タブ内のあるボタンを押した。５０００ポイントを消費するけどかまわないか、という旨の確認画面が出る。拠点を買ったことで、クエスト報酬が５００００ポイントも入ったから問題ない。迷わず「はい」を選択する。

次の瞬間、洞窟の奥行きが倍になった。

「拠点を広くしてみたぜ」

皆が「うおおおおおお！」と叫んだ。

００９　拠点を拡張してみた

「普通、いきなり広くなったら目を疑うだろ。皆して『うおおお！』ってなんだよ」

俺は笑いながら突っ込んだ。

「いやぁ、もう感覚が麻痺（まひ）しちゃっててさぁ！」

波留が後頭部を掻（か）きながら舌を出す。

「まぁ気持ちは分かる」

ここではあまりにも非現実的なことが多い。冷静になると「ありえない！」と言いたくなることばかりだ。俺も少なからず感覚が麻痺している。

「ユーザーから買った物は転売できないんだねー」

話題を変えたのは由衣だ。俺から買った石コロを売ろうとしていた。常に仕様の把握を意識しているあたり、俺達の中で最も優秀そうだ。

「それよりさ！　拠点の拡張とかしてお金は大丈夫なの？」

そう言って、波留は壁にもたれかかった。

「面積を拡張するだけなら問題ないよ。一律で５０００ポイントだからね」

「安いじゃん！」

「ただ、空調を付けたりするのは別料金ぽい」

「空調!?　洞窟にエアコンを付けることができるの!?」

「他にも照明や飲料水が出る蛇口とかも設置できるってよ」

「すげぇぇぇぇ！　さっそくやろうよ！」

「あぁ、そうだな」

俺はなけなしの金を使って更なる拡張を行う。空調と照明は各２５００ポイント、飲料水の蛇口は２０００ポイントで設置できた。

「うお！　どこからともなく光が！」

波留の感想はまさに的を射ていた。照明や空調器具が付いているか、視覚的には分からないのだ。天井に細長い切れ込みのような穴があって、そこに備わっている模様。

蛇口の設置場所は自分で決められるようだ。俺は適当な壁にスマホを向けて、設置ボタンをタップ。入口から見て右側の壁に蛇口が備わった。

「もう喉カラカラ！」

波留が蛇口のハンドルを回すと、綺麗な水がジョボジョボと出てきた。

彼女はその水を手に溜め、迷わず口に運ぶ。

「うんめぇ！」

心の底から美味そうな声を出しやがる。

そんな波留を見て、俺達もぞろぞろと続く。誰もが水分を欲していた。

「操作パネルを設置するかどうかは任意のようだが、ここに付けておくぞ。俺以外の人でも調整できるほうがなにかと便利だろう」

蛇口とは反対側の壁に空調と照明の操作パネルを設置。

「お金を貯めたらガンガン広くして、全員の部屋を作ろうよ！　この洞窟があったら外に家を建てる必要とかないじゃん！　家すんごい高いし！」

「そうしたいが、それはかなり先のことになりそうだ」

「なんでさー！　広くするのは一律５０００なんしょ？」

「そうだけど、広くする度に空調と照明を通す必要がある」

「えー、そうなの？」

俺は追加でフロアを拡張する。

新たに生まれた奥のフロアには照明と空調が備わっていなかった。

「こんな感じさ」

「一度の拡張に必要な費用は実質的に10000ポイントってことね」と由衣。

「そういうこと。空調や照明を必要としないなら5000ポイントで拡張できるけど、快適な空間にしたいなら追加で5000ポイントが必要だ。個室が欲しいという気持ちは分かるけど、それはお金に余裕ができてからのほうがいいだろうな」

「仕方ないなぁ、我慢してやるかぁ」

波留は残念そうに唇を尖らせると、再び水を飲んだ。


「安定して稼ぐ方法を考えないとな」

洞窟の入口付近に作った焚き火を囲みながら、俺達は晩ご飯にありつく。調理器具や食器の購入を避けるため、晩ご飯も串焼きとなった。

ただし、今回は鮎ではなく牛肉を焼いている。商品説明に「A5ランク」と書かれていただけあり、見るからに高そうな肉だ。

そんな極上の霜降り肉の串焼きは、一本当たり約300ポイント。なんとびっくり鮎と大差なかった。

「野菜も食べないとね」

千草がタマネギの串焼きを俺に渡してくる。

昼の時からそうだったが、調理は彼女が引き受けるようだ。誰が言ったわけでもないけれど、自然とそういう流れになっていた。

「今のところ分かっているお金の稼ぎ方って、クエストと狩猟だっけ？」

由衣が話を振ってくる。

「あとは釣りと物の販売だな」

「果物を採取してもお金になるって、ライソで言ってたよ」

歩美が肉に齧（かじ）り付く。肉汁が口の端からこぼれて首筋に流れる。焚き火の炎も相まって、肉汁の跡がとんでもなく艶（なま）めかしかった。

「でも、果物の採取は微妙みたいだね。一個につき５００ポイント程しか入らないって」

千草が補足した。

「果物はそこら中に実っているからな。狩猟や釣りと違って獲物は逃げないし、単価が安いのも頷（うなず）ける。それでも、安定した収穫が望めるから、その日の食費ぐらいは稼げるはずだ」

俺はタマネギを食べ終えると、串を千草の前に置いた。これは「おかわり」ではなく、「ごちそうさま」を意味している。

「今は１ポイントでも多くのお金が欲しい状況だから、明日は稼げるだけ稼がないとな。俺は周辺の地形を把握しがてら狩猟をするとして、波留は釣りだよな？」

「もちろん！」

「なら果物の採取は私と千草でやろうか」

由衣の言葉に、千草は頷いて同意する。

「私はどうしようかな」

歩美が首筋を触りながら言う。先程こぼれた肉汁が気になって仕方ないようだ。

「歩美は販売担当でいいんじゃない？　波留に作ってあげた釣り竿もそうだし、動物を狩るのに使えそうな武器とか作って売ったらお金になると思う。ライソでも武器を欲しがっている人がたくさんいたし」

由衣の視線が俺に向く。

「それは良い考えだが、歩美はそういう物も作れるのか？」

「大丈夫だと思う」

歩美が力強く頷いた。

「もし売れなかったら完全な足手まといになっちゃうけど、それでも良かったら販売担当にしてもらえると嬉しいかも」

「別にかまわないよ。売れなかったら俺達で使えばいいだけのことだ。でも、いいのか？　手に傷がついたら事務所の人に怒られるんじゃ？」

「バレたら怒られるだろうけど、バレっこないしね。それに、私は昔から物を作るのが好きなの。パズルとか、プラモデルとか、色々と作ってきたから。こんな機会は二度とないかもしれないし、むしろ積極的に何かを作らせてほしい」

「そういうことなら頼むよ」

これで明日の役割分担が決まった。

「それじゃ、今日は寝る？」

由衣が拠点を見つめる。

空調のあるフロアには、五人分の布団が並んでいた。昔ながらの煎餅布団だ。数ある布団の中で最も安かった。ベッドを買うまでの繋ぎとして使う予定だ。

「そうだねー！　あたしゃもうクタクタだよ！」

波留が立ち上がった。

それに他の女子が続こうとするが――。

「待ってくれ」と、俺は皆を止めた。

「なんだよぉー、もう寝る気でいたのに！」

波留が渋々といった様子で座り直す。

「実は皆に謝らないといけないことがあるんだ」

俺が真剣な顔で言うと、全員の表情が引き締まった。

「どうしたの？」

千草が不安そうな顔で見てくる。

「実は……」

言葉が詰まった。この温かい雰囲気をぶち壊すのに躊躇する。

（やっぱり何も言わないほうがいいんじゃないか）

（ここで黙ったままだと、ますます罪悪感が強くなるぞ！）

心の中で葛藤した結果、白状することにした。

俺は全力で頭を下げながら続きを言う。

「俺、本当はサバイバルのことなんてまるで詳しくないんだ」

010 リーダーとしての行動は嘘じゃないから

不安しかない沈黙の時間が流れていく。頭を下げ続けているので、皆の表情が分からない。だが、おそらく怒っているだろう。

「サバイバルの達人っぽく振る舞っていたくせに、本当は初心者だったたって言うのかよ。よくも私達を騙しやがったな、この嘘つき野郎め」

波留の声が聞こえる。いつもと違って冷たい感じだ。

「――なんて、言うとでも思った？」

「えっ？」

思わず顔を上げてしまう。

こちらを向いて笑う女子達の姿があった。

「怒るわけないっしょ！」

「大地が本当はそれほど知識がないってこと、私達は分かっていたよ」

由衣の言葉に、千草と歩美も「うんうん」と頷いた。

「そ、そうなのか？」

「だって大地君、隙あらばスマホで調べてたじゃん」

「しかも私達にバレないようにこっそりとね」と由衣。

「バレバレだっての！」波留が豪快に笑った。

「じゃあ、どうして……」

「だって、リーダーとしての行動は嘘じゃないから。私達のためにたくさんググって、私達のために頑張ってくれているじゃん。で、結果も残している。大地のことを責める要因なんて、これっぽっちもないよ」

由衣が微笑んだ。

「でも、俺は皆に嘘をついたんだぜ」

「嘘っていうか、見栄を張っただけでしょ」

波留が「そうそう」と続く。

「男は見栄っ張りだからね。私みたいな可愛い女子を見たら背伸びせずにはいられなくなるっしょ？　分かるよ大地、気持ちは分かる。私は可愛いからな！　はっはっは！」

明らかに俺のことを気遣っての発言だ。

「私達が気付いていながら何も言わなかったのは、大地を認めているからだよ。実際の経験や知識なんて関係ない。こうやって寝床を確保したのだって、大地が紫ゴリラを倒す方法を考案したからなんだし。だから、これからもよろしくね、リーダー」

由衣は立ち上がって拠点に行くと、靴を脱いで壁際の布団に入った。

それを見た波留が「あああーっ！」と慌てて立ち上がる。

「そこは私が目を付けてた場所！」

「もう入ったから私の場所だよ。反対の壁際を使えば？」

「おのれ由衣、卑怯なり！」

波留は俺の頭を軽くポンポンと叩いてから拠点に駆け込み、由衣とは反対側の壁際にある布団を確保する。

「私達も寝よっか」

「そうだね。――明日もよろしくね、大地君」

歩美と千草も立ち上がり、布団に向かっていく。

（素直に話したことで、胸につっかえていたものが綺麗に取れたな）

とても清々しい気分だ。思い切って話したのは正解だった。

「俺も寝るか」

立ち上がり、拠点に向かう。獣除けとして、焚き火は消さないでおく。

（明日もリーダーとして頑張らないとな）

空いていた真ん中の布団に入り、この日を終えるのだった。


俺はグループの中で二番目に目が覚めた。由衣以外の女子達はまだ寝ている。スマホで時間を確認すると、朝の五時だった。ライソの未読ログが一五〇〇件を超えている。

「おはよう、大地」

由衣は拠点を出てすぐのところにいた。いつの間にか消えていた焚き火のすぐ隣だ。

俺は挨拶を返すと、蛇口の水で顔を洗った。で、顔を拭く物がないことに気付く。

「これ使って」

由衣がタオルをくれた。

礼を言い、受け取ったタオルで顔を拭いていると、彼女が話しかけてきた。

「不思議だよね、その水」

由衣が蛇口を指す。ハンドルを閉め忘れていたため、水がひっきりなしに出ていた。だが、その水が拠点内を水浸しにすることはない。壁に吸い込まれていくのだ。

「水は無限に出てくるし、こぼれた水は壁に吸われる。現実とは思えないよ」

「そんなことを真面目に考えていたら頭がおかしくなるぜ」

「それもそうだね」

由衣は小さく笑うと、近くの木に目を向けた。背の高い木で、上のほうに果物が実っている。青と赤のストライプが特徴的な毒々しい果実だ。

「あの果実、どうにか採れないかな？」

「石でも投げつけてみるか」

俺は拠点に置いてある石を手に取った。由衣が俺から30000ポイントで購入した物だ。

「これ、投げてもいいよな？」

「もちろん」

「なら遠慮なく」

大リーガーさながらのフォームで石を投げる——が、石は明後日(あさって)の方向に消えていった。

「ぷっ」

背後から由衣の吹き出す声が聞こえてくる。

しかし、振り返ってみると、彼女は無表情だった。

「今、笑ったろ」

「さぁ？」

「ふざけろ！」

俺は近くの石を拾ってリベンジする——が、今度も当たらない。

「ぷっ」

またしても由衣の吹き出す声。

その声が聞こえると同時に振り返ると、慌てて表情を戻す姿が見えた。

「…………」

俺はジーッと由衣を見る。

由衣も無表情でこちらを見てきた。

沈黙を破ったのは俺だ。

「どうやらあの果実には当たらない仕様のようだ。不思議な世界だよな」

「ぷっ。そんなわけないでしょ。大地がノーコンなだけだよ」

ついに由衣は堂々と吹き出した。

「ま、コントロールなんて不要さ。奥の手で取ろう」

「奥の手？」

俺は「見てな」とスマホを取り出す。

「オーケーググール、高い所にある果実の採り方を教えてくれ」

「そうきたかぁ」と笑う由衣。

「もうコソコソする必要はないからな」

奥義〈音声アシスト〉の出番だ。どんな悩みもググール先生が解決してくれる。

『高枝切りバサミを使用すると良いでしょう』

「そんなもん持ってねぇよ！」

反射的に突っ込んでしまう。

その様を見て、由衣は声に出して笑った。

「あとで歩美に作ってもらうよ、高枝切りバサミ」

「そうしてくれ」

ついでだからライソのログを確認しておく。グループチャットは夜になっても活発に動いていた。いい感じに情報が共有されている。

だが、深夜になると状況が一変していた。

「これは……」

「ライソ？」

由衣が尋ねてくる。

俺が頷くと、彼女は神妙な顔で言った。

「拠点、買っておいて正解だったね」

その口ぶりから、由衣は既に読み終えていると分かった。

深夜のログは、再び阿鼻叫喚(あびきょうかん)の地獄絵図と化していたのだ。正確なことは分からないが、狂暴な動物が徘徊(はいかい)していたらしい。襲われたとか、追われているとか、そういう報告が大量に上がっている。——それだけではない。

「これ……マジか……」

ログの中盤には写真がアップされていた。

木にもたれかかって倒れている血まみれの男子学生の写真だ。全身に引っ掻(か)き傷や咬(か)み傷を負っていて、見ているだけで血の気が引いていく。

「かなりの数の死傷者が出ているみたい」

由衣の言葉を裏付けるように、ログは悲鳴が続いていた。

平穏が訪れたのは、午前四時を過ぎた頃。多くの生徒が「追われなくなった」「猛獣の姿が消えた」と発言している。

「午前二時から四時の間が危険みたいだな」

「私達の失踪はニュースになっているからいつかは救援が来ると思うけど、それまで無事に生き延びられるのかな……」

「やれるだけのことをやっていくしかないさ」

空を見た。雲一つないご立派な晴天だ。その調子で俺達の心の雲も消してほしい。

なんて思っていると、スマホが鳴った。

どうやら〈ガラパゴ〉に新しいタブが追加されたようだ。

011　悪いけど断固反対だ

新たに追加されたのは「生存者」というタブだ。

そのタブを選択すると、生存者と死亡者の数が表示された。

生存者：四九五人
死亡者：五八人

凄惨な数字だし、信憑性がない。だが、俺と由衣はその数字を疑わなかった。この異常事態であれば十分にあり得る数字だと思えたからだ。

「生存者と死亡者の数を足すと五五三人か」

「やっぱり全学年の全生徒が転移していたみたいね」

この島に鳴動高校の一年と二年が転移していることは、全学年が参加するライソのグループチャットによって把握済みだ。おそらく全生徒が転移したものだと思われていたが、生存者タブの実装によってその推測が正しいと証明された。

「それにしてもこの死亡者数は……凄まじいな」

俺達がこの島に転移したのは昨日のこと。つまり、たった一日で、転移した人間の約一割が死亡したことになる。

「死んでいないだけで重傷の人も多そうだね」

「大半が拠点を持っていないわけだしな」

生存者タブの情報は、俺達に強烈な衝撃を与えた。

「明るい時間帯の活動も警戒していかないとな」

俺達の二日目は、どんよりした気分で幕を開けた。


朝食が終わると作業の時間だ。

死亡者の数は衝撃的だったものの、作業内容に変更はない。俺は狩猟、波留は釣り、千草と由衣は採取で、歩美は販売だ。

「あ、そうそう、四人を拠点の共同管理者に設定しておいたから、たぶん皆もこの拠点を弄れるはずだ」

俺は自分のスマホを見ながら言う。

女子達はスマホを取り出し、〈ガラパゴ〉を確認した。

「これが拠点タブかぁ！　なんか色々な項目があって面倒だなぁ。こういうのは大地と由衣に任せるよ！　あたしゃパス！」

波留はそそくさとスマホを懐に戻す。

「それじゃ、作業を始めようか。大丈夫だとは思うけれど、念の為、千草と由衣は可能な限り波留の近くで行動するようにしてくれ」

俺は歩美に作ってもらった石槍を持ち、拠点を後にした。

やはり武器があると快適だ。石の刃を木の棒に括り付けただけの簡単な石器でも、あるとないとでは大違いである。

「よし！　これで三匹目！」

まだ正午にすらなっていないのに、俺は三匹の角ウサギを倒した。近づいてブスッと刺すだけでいいから楽勝だ。角ウサギが逃げの一手しか打たないので、緊迫感に駆られるようなことはなかった。

「かなり高いけど、持久戦に備えて買っておくか」

最上級モデルのモバイルバッテリーを購入した。価格は20000ポイント。結構な出費だが、商品説明を読む限り、その価値はあると思う。

無限に使用できて、どんな衝撃を与えても壊れないそうだ。更には完璧な防水・防塵仕様で、充電時間も一分で済む。最上級モデルに相応しい最高品質というわけだ。

唯一の欠点はシェアできないこと。購入者専用らしくて、波留達のスマホを充電するには、各自で同じ物を買う必要がある。

購入したモバイルバッテリーを召喚し、直ちにスマホと繋げてチャージを行った。

スマホのバッテリー残量が目に見えて回復していく。無意識に「流石は最高級モバイルバッテリーだな」と口走る。チャージ速度があまりにも速いから、スマホが壊れないか心配になってくるほどだった。

チャージが済むと、スマホを持ったまま木にもたれかかる。モバイルバッテリーは胸ポケットに入れておいた。

(それにしても、まるで他の連中を見かけないな)

この島では少なくとも五〇〇人近い人間が活動しているはずなのに、周囲には人の気配がまるでない。よほど広いのか、それとも俺達の活動場所が僻地なのか。この調子だと、まだまだ手探りの状態が続きそうだ。

俺は海に向かっているのだが、その道中で果物を採取した。槍を伸ばすとぎりぎり届く位置にあったので、穂先でプチッと枝から切り離し、落下してきた果実をキャッチ。掴んだ瞬間、謎の果物は消えた。

チャリーンの音と共に、採取報酬が発生する。事前に聞いていた通り、採取で得られるお金はしょぼかった。

今回の場合は650ポイントだ。これでもマシな方で、大半は500ポイントらしい。

ただし、今回はクエスト報酬も発生した。クエスト「採取しよう」がクリアになり、10000ポイントを獲得したのだ。これを狙っていた。

「クエストも可能な限り潰しておかないとな」

森を抜けて海に到着。初めて目が覚めた時にいた場所だ。強めの潮風が吹いている。

「消えないか不安だが……まぁ大丈夫だろう」

波から少し離れた砂浜で焚き火を作る。昨日の紫ゴリラ戦で購入したライターを使い、一瞬で火を熾す。その焚き火でスギの葉を燃やし、強烈な狼煙を上げた。

「これでよし」

この狼煙は救助要請を目的としている。効果があるかは分からないけれど、ないよりマシだろう――と、グループチャットで誰かが呼びかけていた。こうして協力しているけれど、個人的には大して期待していない。

「そろそろ戻るか」

俺はライソの未読ログを読みながら帰路に就いた。

予定通り一二時三〇分に昼休憩を取る。全員が時間通りに戻ってきていた。

「歩美、売り上げのほうはどうだ？」

今回の関心事は歩美の販売結果だ。午前だけで二〇個程の商品を売りに出していた。

販売しているのは手作りの道具で、特に多いのは狩猟で使う為の武器だ。例えば、俺の使っている石槍とか。

価格は材料費に多少の色を付けた程度。同じ商品でも価格に幅を持たせて、適正価格を探るようにしていた。

「驚いたことに……全部売れました！」

俺達が歓声を上げると、歩美の顔が嬉しそうに緩んでいく。

「少しずつ高くしていったんだけど、出して数分で売れるからびっくりだよ」

「それは凄いな」

「他の人が変な物ばかり売っているのも大きいかも」

「変な物？」

「ただの石コロを売っている人とかいるよ、昨日の大地みたいに」

「売れるのか？」

「ずっと売れ残ってる」と笑う歩美。

「もしかして俺の出品を見たのかな。で、一瞬で売れたものだから、『ただの石でもお金になるかも』なんて思ったとか」

俺はユーザーの販売する物を確認してみた。昨日とは違い、色々な商品が並んでいる。

「それで歩美、収益はどんな感じなんだ？」

「３００００くらいかな。午後もこの調子だったら、更に５００００くらいは稼げるかも」

「８００００も稼げるのか。それは素晴らしいな」

波留達も「おおー」と感心する。

「私と千草も販売にシフトする方がいいかな？」

由衣の問いに、「かもしれないな」と頷く。

「販売は物が行き届いたらおしまいだし、他のグループから同業者が続出する前に稼ぎまくるのはアリだ」

販売で稼ぐならこの数日が勝負だろう。それ以降も販売を行うなら、なにか別の商品を考える必要がある。

「他のグループと言えば……」

由衣がスマホを取り出し、全学年が参加するライソのグループチャットを見せてきた。

「これ、どうする？」

そう言って彼女が指したのは、三年の男子が行っている呼びかけだ。長々と書いているけれど、一言でまとめると「皆で集まろう」というもの。

海と反対側——森の奥には、いくつかの山が見えている。その山と山の間にある渓谷付近で集落を作ろう、という誘いだ。

付近にはいくつか拠点があって、その内の一つは確保済みらしい。最終的には、全員が拠点に入れる状況を目指すそうだ。

多くの人間が賛同を表明しており、既に合流している連中もいる。

「私は悪くないと思うよ」

「私もー！　たくさんいるほうが安心じゃん！」

千草と波留は呼びかけに肯定的。

「私は微妙かな。自分勝手だけど、今は販売が楽しいから。なんかお店を経営している感じがして。合流したらそういうのがなくなるから……。でも、反対ってわけじゃないよ。皆で集まること自体は名案だと思う」

由衣は「なるほどね」と頷くと、俺に視線を向けた。

「大地はどう思う？」

波留達も真剣な表情で俺を見る。

この件に関しては、話題に出る前から答えを決めていた。

「悪いけど断固反対だ。絶対にやめておくべきだと思う」

012　これが陰の戦い方よ

俺が反対を表明したことに、由衣以外は驚いた様子だった。

由衣だけは「だよね」と頷(うなず)いている。予想していたようだ。

「どうして反対なのさ？　皆で集まる方がいいじゃん！」と波留が唇を尖(とが)らせる。

「一〇人程度ならそれでもいいけど、数十・数百人規模ともなれば、間違いなくトラブルが起きる」

「トラブルゥ!?　こんな状況で揉め事なんてありえる？」

波留が千草と歩美を見るものの、二人はなんとも言えないといった表情だ。

「あえて揉めようとする奴はいないだろう。でも、それだけの人数がいると、価値観の相違で問題が起きるものだ。特にこの島みたいな無秩序の場所だと、尚更にそういった問題が起きやすい。徐々に人数を増やしていくならまだしも、今回は一気に数百人を集めるわけだからな。まとめあげるにはよほどのカリスマ性が必要になる」

「そういうものかなぁ」

波留はまだ納得できていない様子。

「問題は他にもある」

俺は地面に置いていた竹串を摘まみ上げた。先程まで野菜が刺さっていた物だ。

「可能な限り節約したとしても、それなりに腹を満たすなら一人当たり日に5000ポイントの食費が必要だ。数百人が密集する場所で、継続的にそれだけのポイントを稼ぐのは難しいだろう。今のままだと、獲物の奪い合いになるのが目に見えている」

「何か策があるんじゃないの？」

俺は「ない」と断言した。

「呼びかけをしている奴もそのことを認めている。金策について誰かが質問していたが、それに対する回答は『クエスト報酬で凌ごう』というものだ」

「なら問題ないじゃん！」

「どうしてそうなる。問題大ありだ。クエスト報酬は一時金に過ぎない。それに、クリアできるクエストの数にも限りがある。よくて二週間分にしかならない」

「それだけあったら十分っしょ！　どうせ一週間もすれば救助が来るし！」

「そうも言い切れないから問題なんだ」

「えっ？　どういうこと？　救助が来るんじゃないの？」

「そんな保証はどこにもない」

俺はマップを開いて波留に見せた。

「地図上だと俺達は海の上にいるわけだ。しかも周囲一〇〇キロメートルには何もない。こんなところ、まともに捜索されると考えるほうがどうかしている。逆の立場で考えると分かるはずだ。いきなり生徒が集団失踪したからって、何もない海にいるかもしれない……なんて思うか？　俺なら思わない」

「それは……」

「思わないだろ？　この国のお偉いさん共も同じ考えさ。だから、救助が望めるとしたら、それは副次的なものになる。別の目的でたまたまこの場所を通りかかった船が島に気付く、とかそんな感じの」

「じゃあ駄目じゃん！」

「そう、駄目なんだ。まずありえないが、仮にトラブルなく数百人規模の集団生活が成り立ったとしても、救助が来なければ食糧問題が起きる」

こうして言葉にすると思う。本当に救助が来る日はあるのだろうか、と。

そんな日は訪れないような気がした。

「それになにより――」

俺は右の人差し指を立てる。

波留が「まだあるの!?」と驚く。

「俺達には拠点がある。皆で頑張って手に入れたこの拠点が。せっかく手に入れた拠点を放棄してまで、この呼びかけに応じる理由がない。此処は安全だからな」

「それもそっかぁ」

波留も納得したようだ。千草と歩美も考えを改めている。

結果、俺達は呼びかけを無視することで意見が一致した。


午後の作業は、当初の予定から変更した。

まず、千草と由衣が物作り兼販売担当になる。歩美の指導下で製作と販売に励んでもらって、がっつり稼ぐ考えだ。

そうなると川辺の作業が波留だけになってしまうので、俺の作業を狩猟から釣りに変えることでカバーする。

ということで、波留と二人で川に来ていた。

「波留、どっちがたくさん釣れるか勝負といこうか」

「いいねぇ！　って、大地、釣り竿は!?」

「あるぞ、ほら」

俺は手に持っている物を見せる。それは、なかなかに立派な――。

「槍じゃん！」

そう、槍だ。狩猟で使っている物。

「細かいことは気にするな。獲れれば一緒だ。どうせ金になる」

「なんて奴だ！」

波留は呆れた様子で竿を振る。団子状の餌を付けた釣り針がポチョンと川に沈んだ。

川の水によって、餌がほろほろと崩れていく。そこに魚が群がってきた。

「その様子だと一瞬で釣れそうだな。さては餌がいいのか？」

「そのとーり！　これは秘伝の餌なのだ！　私が作った！」

「ほう、レシピは？」

「クックパッドの上から二ば……じゃない、内緒！　秘伝のレシピ！」

「オーケーググール、川釣り用の餌の作り方について教えてくれ」

『検索したところ、こちらのサイトが見つかりました』

「ちょっとー！　このズル野郎！」

あっさりと秘伝のレシピが見つかった。

「なるほど。このレシピか。真面目に釣りをする機会があったら参考にさせてもらうよ」

そんなやり取りをしている間に、波留の釣り針に魚が食いつく。

「まずは私の先制だー！」

波留は慣れた様子で魚を釣り上げた。縞模様の鱗をしたフナのような魚が釣れる。見るからに不味そうだ。

「こいつは5000ポイントの大物だぞ！」とドヤ顔の波留。

「なら、こちらも本腰を入れるとしようか」

靴を脱いで川に入る。思ったよりも流れが急で驚いたが、慣れてしまえば問題ない。

「この槍で貫いてやるぜ」

狙いは波留の餌をパクパクしている奴等。どいつもこいつも不味そうだ。

「そらよっと！」

狙いを定めて槍を投げた。穂先がよく分からない魚の胴体を捉える。

「よっしゃー！　一匹目ェ！」

魚の突き刺さった槍を掲げて波留を見る。全力のドヤ顔を披露した。

「くぅ！」

波留が唸る。その顔はどう見ても楽しそうだ。

「おっ、死んだか」

槍に刺さっている魚が消えた。それと同時にいつものチャリーン。

「おお！」

スマホを確認した俺は驚きの声を上げた。

「なになに!?　大物だったの？　さっきの奴！」

波留が好奇心に満ちた目を向けてくる。

「いや、魚の価格自体は４０００とかだったけど」

「じゃあなに!?」

「クエスト報酬を獲得してしまった」

俺は川から出て、履歴画面を波留に見せる。

「あんなん釣りじゃないっしょ！」

「それが〈ガラパゴ〉によると釣りに入るそうだ」

俺のクリアしたクエストは「魚を釣ろう」だ。今のが釣り扱いになるとは思ってもいなかった。

「というわけで、俺の行為は〈ガラパゴ〉公認の釣りだ。今からガンガン釣らせていただくぜ。特に波留の餌に群がる魚を頂いてやろう。さぁ、針に餌を付けて投げるがいい」

「ずるい！　ずるいぞ大地！　それでも男か！」

「忘れるな。この島に来るまで、俺はカースト底辺の陰キャだったのだ！　これが陰の戦い方よ。フハハハハハ！」

妙なテンションのまま、再び川に足を踏み入れた。

013　経験がないのか？　波留なのに？

「フハハハハハ！　どうした大地ィ！」

「そんな……！　この俺が……！」

波留との釣り勝負に負けた。しかも完敗だった。惜しいなんてレベルではない。

俺の結果は悪くなかった。三時間で一五匹も仕留めたのだ。平均すると一二分に一匹のペースだ。釣りの経験者なら分かるが、これは申し分のない効率だ。稼ぎは約６３０００ポイントで、狩猟よりも遥かに良い。そう、俺は悪くない。

問題は波留だ。なんと同じ時間で二七匹も釣りやがった。秘伝の餌が大爆発である。餌の材料費を差し引いても余裕の黒字だ。

「たしか負けた方は勝った方の言うことをなんでも一つ聞くんだよなぁ？」

「そんなこと言ってないだろ」

「決めたの！　私が！　今！」

「今かよ。で、俺に何か命令したいことがあるのか？」

「おっ？　この後付けルールに乗ってくれるんだ？」

「内容によるけどな」

「じゃあさ、嫌じゃなかったらでいいんだけど――」

波留は頬を赤らめながら手を伸ばしてきた。

「手、繋いでよ」

「へっ？　手を繋ぐ？」

「そ、そうだよ、悪い？」

「いや、悪くないけど……」

意味が分からなかった。波留の真意がまるで読めない。

「何を言うかと思えば」

「駄目？」

「別に駄目じゃない。かまわないよ」

波留の要望に応えて手を繋ぐ。何かあるのかと思ったけれど、特に何もなかった。ただ普通に手を繋いだだけだ。

（顔を赤くするのは俺のほうだろ、普通）

波留はグループの中でも特にモテる。誰に対しても明るく話しかける性格だからだろう。告白される回数も多くて、俺が把握しているだけでも月に数回は告白されている。

一方、俺はまるでモテない。彼女いない歴イコール年齢で、当然ながら童貞だ。幼馴染み以外に女友達ができたこともなかった。

「なんでそんなに恥ずかしそうなんだ？」

気になったので尋ねてみる。

「バッ、恥ずかしくなんかないし！」

繋いでいる波留の右手は、大量の汗を分泌していた。発熱を疑うレベルだ。

「どう見ても恥ずかしそうだぞ。顔が真っ赤だ」

「うそー!?　やだ、見ないでよ」

波留がますます恥ずかしそうにする。強引に手をほどくと、手で自分の顔をあおぎだした。

落ち着いたところで何度か深呼吸する。

「いやぁ、手を繋ぐって恥ずかしいね」

今度は一転して恥ずかしいと認める波留。

「今まで手を繋いだ経験がないのか？　波留なのに？」

「波留なのにってなんだよ！　ないよ！　ビッチじゃないんだぞ！」

「そういう意味じゃなくて、波留ってモテまくりじゃん」

「それはそうだけど」

否定しないところが素晴らしい。自覚はあるようだ。

「その気になれば彼氏の一人や二人は作れるだろう。そういう相手がいなかったとしても、手を繋ぐくらいは楽勝だ。波留に手を繋いでほしいって言われて断る奴（やつ）なんていないだろうし」

「えー、そういうのはなんか嫌じゃん」

「そうなのか？」

「だって誰でもいいわけじゃないし！　手を繋ぐ相手ってのはさ！」

俺にとっては何気ない言葉だったが、波留にとっては核心に迫る何かだったようだ。

「そんな風に言うなよ、ずるいぞ！」

再び顔を真っ赤にすると、彼女は走り去った。

「なんなんだ一体……」

そう呟いたところで、ハッとした。

「もしや、波留は俺に惚れている⁉」

次の瞬間には、「はは、まさかな」と笑って流す。ありえない妄想はやめよう。


この日の夕食も拠点の前で食べた。昨日と同じく焚き火を作り、それを全員で囲む。

またしても串焼きだが、焼く物は色々ある。肉、魚、野菜……さながらBBQのようだ。そろそろ串焼き以外も食べたいね、と皆で話す。

胃袋が落ち着くと、販売組の三人と本日の成果を報告し合った。

「三人がかりとはいえ、一日で20万も稼ぐとはすごいな」

俺と波留に匹敵するほど、販売組も好調だった。歩美が80000、由衣と千草はそれぞれ60000ほど稼いだようだ。ちびちびと値上げしていることが収益の向上に繋がっていた。

「大地達だって二人で17万でしょ？」と歩美。

「そっちの方が凄いよね。大地君、流石だよ」

「ちょっと待てい！　釣りは殆ど私の手柄だから！」

「悔しいが否定できないな。波留が釣りすぎた」

午前の分も合わせると、この日だけで40万以上も稼いだことになる。これは全体的に見てもかなり良い数字だ。

ライソのグループチャットでは、金欠を嘆く声が溢れていた。大半が食費を稼ぐのも大変な状況だ。このままだといずれ餓死する、という発言も散見された。

「これだけあったら少しくらい贅沢してもいいんじゃねー？」と波留。

「無駄に豪華な物を買うとかじゃなければアリだと思うぜ。いわゆる先行投資ってやつだ。このモバイルバッテリーみたいにな」

胸ポケットに入っているモバイルバッテリーをチラッと見せる。

「とりあえず私達もそのバッテリー買おうよ！」

「20000だっけ？」と由衣が尋ねてくる。

「そうだよ」

「なら四つ買っても80000だし問題ないね」

波留達もモバイルバッテリーを購入した。島での生活がいつまで続くか分からない以上、これは必要な買い物だ。

「ひとまず全員の所持金の合計がいくらか計算してみよう」

俺達は順番に所持金を報告していく。

その結果、五人の合計額は70万近くあると分かった。クエスト報酬でブーストしているとはいえ大したものだ。

「もう少し贅沢しようよ！」

波留が倍プッシュを促す。

「他にも欲しい物があるのか？」

「あるに決まってるっしょ！」

「何が欲しいんだ？」

「それは……」

波留の顔が赤くなっていく。なんだかとても言いにくそうだ。

俺は釣りを終えた後の一幕を思い出した。

あの時は手を繋ぎたいとのことだったが、今度は果たして――。

014 大地は男だから分からないだろうけどさ

「えーっと、その、だから、分かるっしょ？」

波留が察しろよと言いたげな顔で見てくる。

「いや、分からないのだが？」

「なんでだよ！　足りない物があるっしょ!?」

「ふむ……」

「どうして分からないんだよ大地ィ！」

波留が手をぶんぶん振り回しながら喚く。

俺達のやり取りを見て、千草と歩美が笑った。

「波留も恥ずかしがりすぎだけど、大地君も鈍いなぁ」

「大地なら真っ先に設置しようって言いそうなのにね」

「千草と歩美の言う通りだよ！　分かれよ大地ィ！」

「そうは言われてもなぁ……」

考えても閃かない。波留が何を言いたいのか。

そんな俺に業を煮やしたのだろう。由衣が答えを言った。

「生理用品、替えの下着、あとトイレにお風呂だよ」

波留と違って、由衣はすまし顔だ。

「そ、そうだよ！　それらが欲しいんだよぉ！」

どうやら波留も同意見のようだ。千草と歩美も頷いている。

「たしかに風呂とトイレは欲しいな」

彼女らの意見はもっともだ。特にトイレは速やかに作るべきだろう。

「それらを作るのにかかる費用は……」

「40万あれば全部できるよ」

どうやら由衣は事前に調べていたようだ。

「40万？　思ったより高いな」

風呂とトイレはそれなりに高い。物にもよるが、安物でもそれぞれ50000はする。とはいえ、安物なら二つで10万程度。40万は高すぎる。

「トイレとお風呂は中価格帯のにしたいの。贅沢なのは分かっているけど、一番安いのはちょっとね」

気持ちは分かる。最安値の物は形式が古すぎるのだ。

例えばトイレの場合、最安値は落下式便所だ。しかも汲み取り式――俗に「ボットン便所」と呼ばれる物である。価格は50000ポイントだ。

ところが、それに30000ほど上乗せするだけで現代の洋式トイレになる。その程度の価格差なら、俺だって洋式にしたい。

「だからといって、40万もしないだろ？　全員分のトイレを設置するつもりか？」

「ううん、トイレは二個でいいと思う。お風呂は一個だね。これで23万」

「残りの17万はフロアの拡張などに使うのか」

「そういうこと」

「説明されると妥当な金額ではあるが、40万か……」

所持金の合計額は約70万ポイント。40万は大きすぎる出費だ。

「まぁ仕方ないか」

悩んだ末に、俺はトイレと風呂の設置を決めた。

「ただし、トイレは一個にしよう」

「えええええええええええ！」

波留が両手を頬に当てて叫ぶ。ムンクの油彩画を彷彿(ほうふつ)させる。

「トイレ一個は絶対に混むって！　大地は男だから分からないだろうけどさ！」

「必要ならいずれ……早ければ一週間以内に増設するさ。今回は様子見だ」

「様子見ぃ？」

「明日以降も今日みたいに稼げるか分からないからな。もしも今日がただの確変で、明日以降は全然稼げなかったらどうする？　トイレを二個にして失敗したと後悔するかもしれない。だからまずは一個で様子見だ」

「なるほどなぁ。やっぱり大地はよく考えているな！」

「これでもリーダーだからな」

他の女子も、俺の案に反対しなかった。

「そうと決まれば今すぐ拠点の拡張を始めよう」

俺はスマホを片手に立ち上がった。


拠点の拡張は順調に進んだ。

「トイレはこっち側に作ろうぜぇ！」

入口から見て右側の壁を指す波留。

「ならここで分岐させるか」

俺は波留の指した方向に身体を向け、スマホをポチッと。

壁が拡張され、一本道だった拠点に分岐路が誕生した。

「廊下代わりに一フロア挟んで、その先にトイレを設置する感じでいいか？」

振り返って尋ねる。全員が頷いたので作業を進めた。

今しがた作った分岐路を拡張し、奥行きを追加する。俺の拡張したフロアに、千草と歩美が手分けして照明と空調を設置した。

「あとはここにトイレを作るだけだな。俺がやるよ」

購入タブに切り替え、設置する商品を探す。まずは便器を買い物カゴに入れて、次は扉を
――と、その時。

「なー、思ったんだけどさぁ」

波留が何やら言い出した。

「ここにトイレを設置したら臭いがこもらない？」

「えっ、今さら？」千草が呆れたように言う。

「空調を設置すれば大丈夫だろう。それでも厳しいなら消臭剤を置けばいい。家のトイレだって、そこまで臭いがこもらないだろ」

「そっかぁ！」

「それに、心配するなら臭いじゃないだろ」

「どういうこと？」

「俺なら排泄物の行方を気にするね。どう考えても下水道なんて存在しない。だったら流した排泄物はどこにいくんだ？　海か？　川か？　もしも川なら……」

「やめろぉ！　私は川で釣りをするんだぞ！　想像しちゃったよ！　川に大地のウンコが流れてくるとこ！」

波留は「オェー」と嘔吐くふり。それから「あ、でも」と馬鹿話を続ける。

「釣ったらお金になるかな？　大地のウンコでも、釣れた物には変わりないし」

「試してみるか？　俺が川でクソをして、それを波留が釣るんだ」

「えっ？　マジ？」

「冗談に決まってんだろ」

波留がぶーっと頬を膨らませる。俺達は声を上げて笑った。

「ま、細かいことは気にしたら負けってことで」

話が落ち着いたところでトイレを設置し、その手前に扉を付ける。

扉にかかった費用は２０００ポイント。本体が１００００で、設置費も１００００。

設置費は必要経費だ。払うことによって扉の周りが壁で埋まり、トイレを個室に仕上げてくれる。払わなければ、扉の横からトイレの中を覗けてしまう。

「完成だ」

こうして、俺達の拠点にトイレが備わった。

「後はお風呂だね。浴室の前に脱衣所を設けたいけどいいかな？」

「もちろん。細かいことは由衣に任せるよ」

数分後、浴室及び脱衣所も完成した。

生理用品や下着の代金も含めた出費の総額は約26万ポイント。トイレを一個にしたことで安くついた。

作業が終わると、波留が言った。

「大地、お風呂に入る順番を決めようよ！　リーダーだからって無条件で一番風呂にありつけると思ったら大きな間違いだぞ！　最初はグーだかんな⁉」

じゃんけんで順番を決めるつもりのようだ。

「ローテーションでいいだろ。毎日じゃんけんで決めるなんて面倒なだけだ」

「ちぇ、大地はノリが悪いなぁ。じゃあ今日は私が一番だからね！」

「他の人がかまわないならそれでいいぞ」

由衣達は口々に「大丈夫」と頷いた。

「記念すべき一番風呂は波留様がいただきだぁ！」

波留は上機嫌で脱衣所に飛び込んでいく。

「残りの順番はどうする？」と由衣。

「任せるよ。俺は最後でかまわない」

「なら勝手に決めておくね」

後のことは由衣に任せて、俺は拠点の外に出た。

「土地も買わないとなぁ」

土地の単位はブロックで、一ブロック当たり一〇メートル四方。価格は一ブロックにつき５００００ポイント。変動するのかは分からない。

「今のところ変な動物はいないな」

周囲を見渡すが、深夜になると現れるという猛獣の姿は確認できない。いったいどんな化け物なのか見てみたいものだ。

「夜風も浴びたし拠点の中に――ん？」

スマホから音が鳴った。ライソの個別チャットで話しかけられたのだ。

相手は幼馴染みの堂島萌花だった。

０１５　試す機会があるのに試さないのは勿体ないよ

「堂島萌花ぁ？　そんな子いたっけ？　千草、知ってる？」

「知ってるよ。私、一緒のクラスになったことあるから。黒のツインテールに真っ赤なリボンの子でしょ。私と同じくらいの身長だったからよく覚えてる」

「チビ繋がりかぁ！」

「波留も知ってると思うけど」

「えーっ」

俺達は布団の上に座って話す。由衣と歩美は入浴の関係でこの場にはいない。

「それよりさ、私のポケットマネーで設置したドライヤー良かったっしょ？　髪がぴゅんぴゅんぴゅんで乾いたよ！　ぴゅんぴゅんで！」

「たしかにドライヤーは良かったけど……」

千草が呆れたように笑う。

「その話こそまさに『それより』だよ。大地君の幼馴染みが合流したいって言っているんだから、その方が大事でしょ。もう夜なんだし」

千草の言う通り、萌花は俺達と合流したがっていた。

「でもこんなふざけたライソを送る奴をあたしゃ入れたくないけどなぁ」

波留が俺のスマホを見る。そこには俺と萌花のチャットログが表示されていた。

萌花：生きてる？
大地：うん
萌花：私、五組の男子グループと一緒に谷に向かってまーす
大地：そうなんだ
萌花：大地はどうしてるの？

大地：拠点で仲間達の入浴が終わるのを待ってる
萌花：え、待って。拠点あるの？　風呂も？
大地：トイレもあるよ
萌花：私もそっちに行きたい。場所近い？
〈大地が現在位置の情報を送信しました〉
萌花：近いじゃん！　たぶん一〇分くらいで着くよ！
大地：来てもいいけど、中には入れないぞ。フレンドじゃないし
萌花：ならフレンドにして？
萌花：いいでしょ？
萌花：おーい
大地：待って、仲間に訊いてみる
萌花：待たない。私が着くまでに説得しといてね。一人で行くから
萌花：もう男子達と別れたから。拒否とかできないよ

「たしかにこれは酷いよね。大地君、本当にこの人は友達なの？」

味のしない焼きそばを食べたような顔で俺を見る千草。

「そのはず。こうしてライソでも生きているか気遣ってくれているし」

「これは気遣っているっていうか……」

「どう見ても自慢っしょ！　明らかに舐められてるよ！　大地、あんたって鈍いねぇ！」

「そうなのかなぁ」

俺にはよく分からなかった。なにせこの島に来るまで、まともに話した女子は萌花だけだったから。性別を抜きにしても、俺が個別チャットで話す人間は殆どいない。

「二人の関係が分からないからなんともだけど、ライソのやり取りを見る限りでは、私もあんまり乗り気ではないかなぁ。でも、大地君の幼馴染みなら拒否するわけにもいかないんじゃない？　もう向かってきているみたいだし」

「つか本当に来るの？」

波留が不快そうな顔で、俺のスマホに表示された萌花の発言を指す。

「一〇分くらいで着くって言ってるけどさ、もう三〇分は経ってるっての！」

「萌花は時間の感覚がガバガバだからな。たぶんあと一〇分はかかるよ」

「マジで舐めてやがんなぁ。大地はともかく、私達とは初対面みたいなもんでしょ？　そんな相手に対して時間を守れないような奴とは仲良くなれる気がしないね、私は」

波留はよほどご立腹のようだ。

千草が「まぁまぁ」となだめる。

（どうしたものかなぁ）

俺は萌花の対処法について悩んでいた。

この様子だと、由衣と歩美も難色を示しそうだ。かといって萌花を拒むのも難しい。既に外は真っ暗で、懐中電灯がなければまともに見えない状況だ。

「なになに？　なんの話？」

由衣が戻ってきた。この切れ者なら何か名案を思いつくはずだ。

「実は俺の幼馴染みがさぁ」

俺は縋るような目で由衣に事情を説明した。


「なるほどねぇ」

由衣が俺のスマホを眺める。右手で自分の顎を摘まみ、何やら考えている様子。

「どうしたらいいかな？」

俺が尋ねると、由衣は苦笑いを浮かべた。

「こういう時の判断こそリーダーの務めだと思うけど」

「そうだけど……なんだったら由衣がリーダーになるか？」

「いやいや、私は大地には及ばないよ。それよりこの件だけど」

由衣がスマホを返してくる。

「受け入れたらいいんじゃない？　まずは様子見で」

「おいおい、それでいいのかよ！　良くないっしょ！」

波留がすかさず突っかかる。

「だって他にないじゃん。ここから谷まではかなりの距離がある。しかも今は夜だから移動時間が増えるでしょ。今すぐ谷へ向かったとしても、到着は深夜二時を過ぎる。そうなると猛獣に襲われて死ぬ可能性が高い。それは嫌でしょ？」

「そうだけどさぁ」

「合わなければ日中に追放すればいいだけだよ」

由衣はあっさりと言ってのける。「追放」というワードに、その場の全員が驚く。

「試す機会があるのに試さないのは勿体ないよ。でしょ？」

「ぐぬぬ……。そういう考え方もあるかぁ」

波留の勢いが弱まる。

「そんな感じでどうかな？」由衣が俺を見る。

「いいと思うよ」

流石(さすが)は由衣だ。あっさり問題が解決した。

「で、肝心の堂島さんはいつ来るの？　一〇分くらいで着くって言ってから既に四〇分も経っているけど」

由衣がそう言った時、外の茂みから女が現れた。千草と同じ低身長に、黒のツインテールと真っ赤なヘアリボン。そして、千草とは正反対のまな板みたいな胸。

左手に安物の懐中電灯を持っているその女こそ、幼馴染みの堂島萌花だ。

「ごめんなさーい、ちょっと遅れちゃいましたぁー！　私、三組の堂島萌花って言いますぅ！よろしくでーす！」

萌花の声のトーンが普段より高い。俺以外の男子と話す時によく使っている声色だ。

しかし、その次の瞬間、「えっ」と固まった。見え見えの作り笑いから一転して、鳩が豆鉄砲を食ったような顔になる。

「仲間って、峰岸さん達だったんだ……」

「ごめんね、男子じゃなくて」

由衣は立ち上がると、拠点を出て、手を差し伸べた。

「大地から話は聞いているよ。随分と到着が遅いから心配していたの。無事だったようで安心したわ。私は卯月由衣。よろしくね、堂島さん」

由衣がどんな顔をしているのか見えない。萌花の顔は引きつっている。

「あ、ありがとう、よろしくね、卯月さん」

萌花と由衣が握手を交わす。

「思い出した！　男子媚び媚び女だ！」

唐突に波留が叫んだ。

千草が慌てて波留の口を手で押さえる。

(男子媚び媚び女……萌花のあだ名か。言い得て妙だが酷いな)

俺は心の中で苦笑い。

「大地、堂島さんとフレンドにならないと」

「あ、そうだな」

由衣に促されて、俺は萌花をフレンドリストに登録した。

016 これは駄目かもしれないなぁ

「ほれみぃ、やっぱりとんでもない女じゃんか」

萌花が浴室に消えるなり、波留が言った。

「そんなにとんでもないことか？」と、俺は首を傾げる。

「大地って女に甘すぎない？ あの子が友達でもない男だったらどうよ？ キレない？ むかつくっしょ？」

「まぁ、多少は」

「それだよそれ！ 私達はそういう気持ちなわけ！」

「なるほどなぁ」

波留が言っているのは、萌花が俺より先に風呂へ入った件についてだ。

歩美が上がって俺の番が来た時、萌花が順番を代わるよう言ってきた。俺が承諾すると、彼女は「じゃあお先にー」とすたすた浴室に向かった。

「普通は『ありがとう』でしょ。『じゃあお先に』ってなんだよ！」

「俺が幼馴染みだからだろう。波留達に対しては丁寧に接しているし」

「丁寧っていうか、あれは、その……」

千草はそこで口をつぐむ。歩美や由衣は苦笑いを浮かべていた。

「大地、一つ訊いてもいい？」

珍しく歩美が尋ねてきた。

「どうした？」

「大地ってさ、学校で堂島さんと話してる？」

「いや、あんまり。同じクラスになったことがないし」

思い返してみると、あんまりどころか皆無に近かった。これには理由がある。

「登下校も別々じゃない？」

「その通りだ」

「やっぱりね」

「やっぱりって？」と由衣。

「一年の時、堂島さんと同じクラスだったんだけど、堂島さんはチャラい感じの男子グループによく顔を出していたの」

「去年もそうだったなぁ」と千草。

「で、大地みたいって言ったら大地に失礼だけど、その、ちょっと静かな感じというか、活発じゃないというか……」

歩美が言いづらそうにしているので、俺は助け船を出した。

「陰キャって言いたいのか？」

「悪い言い方で言うとそうだね。そんな感じの男子が話しかけた時にさ、堂島さんがすごい冷たい口調で言っていたの。『陰キャは近づかないでくれる?』って」

「そのセリフ、俺以外にも言っていたんだな」

俺が萌花と学校で話さない理由がそれだ。

萌花から学校では話しかけてこないように頼まれていた。イケてるグループの人らに見られたくないとのこと。廊下ですれ違っても挨拶しないで、とも言われていた。

「だから、そういう……」

歩美が慌てて話を打ち切った。萌花が入浴を終えて戻ってきたからだ。

「あーさっぱりしたぁ! ありがとねー、大地!」

「おうよ」

「私、疲れたから寝たいんだけど、どの布団?」

萌花が横並びになった五つの布団を見ている。

「ああ、そういえば布団の用意がまだだったな」

「買ってくれるの? ありがとー」

俺はスマホを取り出し、萌花の布団を買おうとする。

——が、そこに波留が待ったをかけた。

「堂島さん、所持金は? 私達、風呂やトイレを作るので結構なお金を使っちゃったんだよね。だから、余裕があるなら自分で買ってもらってもいいかな?」

「あ、はい、ごめんなさい」

萌花はペコリと頭を下げると、自身のスマホを取り出した。慣れた手つきで操作を行い、寝具の購入と召喚を行う。

彼女が買ったのは、俺達の使っている煎餅布団とは違っていた。なかなかに立派なダブルサイズのベッドだ。横並びの布団よりも少し奥の場所に設置された。

波留達は絶句している。流石の俺も口をポカンとした。

(これは……)

波留の横顔を見る。首筋から血管が浮かんでいた。今にもぶち切れそうだ。

そんな波留に気付くことなく、萌花はベッドに潜る。

「お先に寝ますー。おやすみなさーい」

萌花は誰よりも早く眠りに就いた。

「お、俺は風呂に入るよ……」

萌花の横を通り、浴室へ向かう。

ベッドを通り過ぎたところで振り返った。波留達の冷たい視線が突き刺さる。

(これは駄目かもしれないなぁ)


次の日。

案の定、朝から問題が発生した。

「えー、串焼きとか重くないですか？」

　萌花が朝食に不満を述べたのだ。食事の献立を決めるのは千草の仕事である。

　諸々の購入費を節約するべく、千草は串焼きを徹底していた。今はキッチンを作ったり、食器を買ったりするお金すら惜しい。誰よりも料理をしたがっている彼女が、何食わぬ顔で料理を我慢しているのだ。

「千草にケチつけてるの？」

　突っかかったのは波留だ。険悪なムードが漂う。

「ケチなんてつけていませんよ。ただ訊いただけです。ごめんなさい」

　萌花はすぐさま謝った。とにかく謝る速度が凄まじい。何かあれば瞬時に頭を下げる。絶対に争いはしないぞ、という姿勢が窺えた。

　そんなこんなで始まる朝食。昨日に比べると、明らかに空気が重い。

「昨日も出たらしいな。深夜の猛獣」

　ライソのグループチャットでは、深夜の猛獣について情報が交わされていた。

「誰かが言っていた通り、木に登れば防げるみたいだね」と由衣。

　昨日の昼頃、猛獣対策について言っている者がいた。木に登れば襲ってこない、と。半信半疑だったが、ライソを見る限り正しかったようだ。

　それでも死亡者は出ている。三七人が死亡し、生存者の数は四五八人になった。

　全員が深夜に殺されたわけではないだろう。中には昨日の朝の時点で死にかけだった者もいたはずだ。そういう人間も含めての三七人である。

大半が拠点を持っていない中、これは奮闘しているほうだ。ライソを使った情報交換が活きている。

「ねー大地」

萌花が話しかけてきた。

「友達の男子グループもこの拠点に入れていいよね？」

「はっ？」波留が反応する。

「この拠点なら男子達が来ても十分なスペースがあるしいいでしょ？　もちろんちゃんと働くから。働かざる者食うべからずって言うもんね」

「男子グループって、何人くらいだ？」

「ちょ、大地、本気かよ？」

波留が俺を睨む。

萌花は波留を無視して続けた。

「五人くらいかなー。そんなに多くないから大丈夫でしょ？」

「いいや、大丈夫じゃないな」

俺は首を横に振った。

「悪いけど、今は人数を増やしたくないんだ」

「どうしても駄目？　もうＯＫ出しちゃったんだけど」

先に話を進めてから承諾を得ようとする――萌花の得意技だ。

「なら今からキャンセルしといてくれ。俺は承諾する気がない」

「えー、冷たいなぁ。なんか別人と話してるみたい」

萌花は露骨に不快そうな顔をしている。そんな彼女を睨み付ける波留が怖い。

「メシが終わったことだし、今日の作業を決めようか」

俺は手を叩いて話題を変えた。

「私は今日も釣りだかんね」波留の口調が刺々しい。

「私は販売担当ね」

「私も歩美と一緒で」と千草。

「今日は釣りに挑戦してみるよ」

「ほう？　由衣も販売担当かと思ったが」

「クエストの消化がてら釣りもありかなって」

「なるほど。なら萌花は俺と一緒に狩猟でいいか？　角ウサギを狩ろう」

「…………」

萌花は必死にスマホを触っている。誰かとチャットをしているようだ。

「萌花、狩猟で大丈夫か？」

「えっ？　あ、うん、なんでもいいよ。じゃあそれで」

「「「「…………」」」」

萌花以外の視線が俺に集まった。波留に至っては、今にも襲い掛かってきそうだ。

俺は改めて思った。

（これは駄目かもしれないなぁ）

三日目

017 ギルティ

悲しいことに萌花は無能だった。角ウサギを狩ることはおろか、樹上の果物を採取することもできない。

否、そういった作業をしようとしなかった。外を歩いているのに、彼女の視線は手元のスマホに集中している。獲物を探そうとすらしない。

「今は狩りに集中してくれよ」

「やだ。別にいいじゃん。そんなに頑張らなくても」

「はぁ？」

「だって他の人も働いているんでしょ。私達はテキトーにやって『駄目でした』って言えばいいじゃん。それにお金だって余裕あるんでしょ？　トイレとか作っちゃうくらいだし」

「…………」

呆れて物も言えない。

「それよりさ、男子をグループに入れようよ」と、こちらを見る萌花。

俺は「またその話か」とうんざりした。

「だからその気はないって」

「ハーレムじゃなくなるのが嫌だから？」

「そうじゃないよ。今は人を増やす気がないだけ」

「少しならいいじゃん。それに、女子より男子の方が働くよ。私の代わりにたくさん働いてもらうから。それなら私が働かなくても問題ないし」

冗談だと思った。だが、萌花の顔を見ると至って真剣である。

「ふむ……」

俺は今後のことについて考えていた。

「大地、今の私を見てどう思う？」

「どうって？」

本音を言えば、無能でウザい女だ。波留達と出会う前ならば何も思わなかっただろう。女はそういうもの、と勝手に納得していたはずだ。

しかし、波留達と仲良くなって気付いた。萌花はあまりにも自己中で、それでいてあまりにも無能だ。女はそういうものだ、なんてとんでもない。この女はクズだ。

それでも、飛び抜けて可愛いならまだ理解の余地はある。今までの人生でチヤホヤされ過ぎて天狗になったのだろう、と。

ところが、萌花の容姿は中の中だ。上の上に君臨する波留達と並んだ場合、明らかに見劣りする。現に小学校や中学校の時、萌花はチヤホヤされていなかった。

「可哀想でしょ？」

俺は「へっ？」と間の抜けた声を出す。

「もしかして、仕事の出来が悪すぎて可哀想ってこと？」

自分でも無能だと気付いているのか。それならばまだ救いようが――。

「違う。仕事の出来が悪いってなに？　喧嘩(けんか)売ってんの？」

「いや、冗談だよ」

どうやら違うらしい。救いようはないみたいだ。

「卯月さん達のことだよ。特に桐生さんが酷(ひど)い」

「桐生って、ああ、波留のことか。波留が何かしたのか？」

「見ていて分からなかったの？　明らかにいじめられてるじゃん、私」

「えっ？」

「あの人達、私にだけ冷たい。まぁ私だけ違うグループだからなんだろうけど。それに、ちょっと顔がいいからってすごい調子に乗ってる。大地を思い通りに動かそうとしてるのが見え見え。こんなの耐えられないよ私」

萌花が急に泣き始めた。得意技の一つ〈嘘泣(うそな)き〉だ。

「私の友達グループも入れさせてよ。人数が上ならいじめられないから」

どうして萌花が男子を入れたがるのか理解した。多数派になりたいのだ。

「このお願いを聞いてくれるならなんだってするから！」

「なんだってする？」

邪(よこしま)な妄想が湧く。脳内に萌花の裸体が浮かんだ。

「うん。狩りも頑張る」

萌花の言葉によって、その妄想は消えた。狩りは頑張って当たり前のことだ。

「よく分かったよ」

「ほんと？　じゃあいいの？」

「まだＯＫとは言い切れないけど、波留達を説得してみよう。俺はリーダーだから、俺が強く言えば彼女らも断れないはずだ」

「おおー！　頼りになる！　ありがとー、大地！」

萌花が抱きついてくる。身体を密着させてきているのに、胸の弾力がない。おっぱいではなく肋骨が当たっているように感じた。


昼になったので、俺達は拠点に戻った。

波留と由衣は既に戻ってきており、場に全員が揃う。

「釣りのほうはどうだった？」

「昨日に比べると微妙だったなぁ。でも、由衣が絶好調でさぁ！　私の代わりにガンガン釣ってたよ！　私のチャームポイントを奪うなよなぁ！」

「それを言うならセールスポイントじゃない？」

由衣が指摘すると、波留はガハハハと豪快に笑った。

「ねぇ大地」

萌花が会話に割り込んでくる。波留の笑顔がすっと消えた。

「例の件、早く」

男子を入れるよう説得しろ、と言っているのだ。

「ああ、そうだな」俺は頷いた。

「例の件って？」

由衣が怪訝そうな目で俺を見る。

「なーに、大したことじゃないよ」

俺は満面の笑みを浮かべた。

「この昼食をもって、萌花はここから出て行くってだけさ」

「はぁ⁉」

素っ頓狂な声を出す萌花。他の女子も目をパチクリさせて驚いている。

「どうやら彼女はここの暮らしが合わないらしい。だから出ていくんだって」

「マジ？」と波留。

「もちろん。こんな話で冗談なんて言うわけないだろ。だよな？　萌花」

皆の視線が萌花に集まる。

「なに言ってんの！」

萌花が顔を真っ赤にして怒鳴った。

「そんなこと言ってないでしょ！　男子グループを入れるって話だったじゃない！　大地も承

諾していたでしょ⁉　いきなりなに言ってんの大地！」

「お前こそなに言ってるんだ？」

「えっ」

「強引に押しかけてきたと思えば、感謝の言葉すら言わない。狩りや採取もまともにしない。そのくせ要望だけは一人前。自分をお姫様とでも思ってねぇか？」

「なにを……」

「俺は考えていたんだ。どうにかしてお前をここに残せる理由を見つけようってな。仕事ぶりが優秀だったら、性格が酷くても説得のしようがあった。あいつは有能だから邪険にしないでくれってな。だがお前はどうだ。能力はクソで性格もクソだ」

俺は右手の親指を下に向ける。

「残念ながら萌花、お前はギルティ――追放だ」

018　付加価値って知ってるか？

「追放なんてそんなのありえない！」

案の定、萌花は喚（わめ）き散らした。しかし、その声に耳を傾ける者はいない。

「メシは済んだだろ？　さっさと消えてくれ。邪魔だ」

「なによその言い方。大地、調子に乗りすぎじゃない？」

萌花が睨んでくる。

「自分がモテ男になったと勘違いしているようだけど、そんなことないよ。卯月さん達がどれだけ可愛いからって、あんたは変わらない。冴えない陰キャなんだから。相手にされているのも今だけよ」

「そうかもな」

「それなのに私を捨てるの？　幼馴染みでしょ？　昔からずっと一緒だったじゃん。家も隣。友達でしょ？　酷くない？」

「そうかもな」

「ちゃんと聞いてる？」

「そうかも――あ、いや、聞いてるよ」

「なによその態度！　もういい！　こんなところ、こっちから願い下げよ！　私は谷に行くから。皆と合流するもん。大地達が来ても入れてあげないから」

「いいよ。じゃあな」

俺は完全に冷めていた。どうしてこの女を友達と思っていたのだろう。

今はもう、萌花のことを友達として見ていない。ただのウザい奴という認識だ。

「じゃあな、じゃないでしょ？」

「えっ？」

「谷に行くんだから」

「うん、それで？　行けばいいじゃん」

「ベッド、持てないでしょ。運んでよ」

萌花が洞窟の中にあるベッドを指した。彼女の自己中な性格を表した一品だ。

「追放するんだから、大地が運んでね」

「…………」

呆れ果てて固まってしまう。他の皆も口をポカンとしている。

俺は深呼吸してから言った。

「お前は馬鹿なのか？」

「はいぃ？」

「あのベッドは昨夜の宿泊料兼これまでの食費として頂く」

「そんなの」

「認めないってか？」

「当たり前でしょ、私が買ったんだから」

「なら風呂とトイレの金を負担してくれ。使っただろ？　俺達が数十万を掛けて作った設備を。それに波留が買ったドライヤーも使ったはずだ。それらの使用料を払ってくれ。ベッドよりも遥かに高いと思うけどいいよな？」

「めちゃくちゃよ！　そんなの！」

「お前も同じようなことを言っている。分かったら失せろ」

「……絶対に許さない！」

萌花は俺を睨み付けると、谷のある方角へ去っていった。

「やるじゃん大地！　男子媚び媚び女を追い出したぞ！」

波留が目を輝かせて抱きついてくる。萌花と違い、胸の弾力が感じられた。

「私、スカッとしたよ。大地君があそこまで言うなんて」

「で、あのベッドはどうする？　大地が使う？」

由衣が話題を変えた。萌花の置き土産であるベッドに視線が集中する。

「俺だけベッドっていうのもなぁ。それに萌花のベッドを使うのは嫌だな」

「だったら売ればいいんじゃない？」

「まぁそうなるよな」

俺は歩美に尋ねる。

「売ったらどのくらいになるかな？」

「あのベッドの定価が10000くらいだから、2000ポイントにもならないかも」

「そんなに安いの？　一回しか使っていないのに」

「逆の立場なら買いたいと思わないでしょ？　昨日の今日で売りに出されるベッドとか。訳あり商品なのかなって思うじゃん」

「たしかに」

「それでも買うなら、『失敗してもまぁいっか』と思うような金額にする必要があるんじゃないかな。だから２０００ポイントでも御の字だと私は思う」

完全な正論だ。俺を含めて全員が納得する。

「二束三文でもゼロよりはマシってことでいいんじゃない？」

そう言うと、由衣はスマホを取り出した。ベッドサイドに座って脚を組み、スマホを操作している。おそらく〈ガラパゴ〉の販売タブを開いているのだろう。

「２０００で出品するけどいいよね？」

由衣が確認すると、波留達は承諾した。

しかし、俺は首を横に振った。名案を閃いたのだ。

「２０００は勿体ない。もっと高い値段で売ろう」

「何か方法があるの？」

「まぁな。とりあえずこの〈訳あり商品〉を洞窟の外に出そう」

俺の考えが読めずに困惑しつつ、皆は俺に従った。

「で、どうするの？」

ベッドを外に出したところで、改めて由衣が尋ねてきた。

「こいつに小便をぶっかける」

「はぁ!?　小便!?」波留が驚きのあまり飛び跳ねる。

「大地君、正気？」千草にいたっては本気で俺の頭を心配している。

「真面目も真面目、大真面目だ。そんなわけだから、皆は後ろを向いていてくれ。見られていると、出るものも出なくなってしまう」

気でも触れたかと言いたげな顔で、波留達は俺に背を向ける。

俺はベッドの掛け布団をめくり、小便をぶっかけた。寝転んだ時に下腹部が当たりそうな場所へ尿を集中させる。放尿が終わると、掛け布団を元に戻した。

「もういいぞ」

女子達が振り返り、ベッドを眺める。俺が掛け布団をめくって見せると、彼女らの顔は激しく歪(ゆが)んだ。

「まじでぶっかけてるじゃん」

「これが売れるための秘策さ」と俺はニヤリ。

「どういうことさ？」

「付加価値って知ってるか？」

俺はスマホを取りだし、〈ガラパゴ〉を起動した。販売タブを開き、ベッドの情報を入力していく。商品情報を入力したところで、「こういうことさ」と皆に見せた。

「堂島萌花が使っていたベッド……って、そのままじゃん」

「波留、もう少し下まで読んでみろ。具体的には商品説明だ」

波留は「えーっと」と目を滑らせていく。

「堂島萌花を追放することになったので、彼女が使用していたベッドを処分します。自分達で使おうかとも思ったのですが、大量の尿によって汚れているので売ることにしました。ノークレーム・ノーリターンでお願いします……って、やっぱりそのままじゃん！　このノークレームがミソなの？」

どうやら波留には分からないようだ。首を傾げている。

一方、他の女子達は分かっている様子。由衣は「流石ね」と笑っていた。

「価格はそうだな、２００００にしておくか」

「２００００!?　１００００の物を２００００でなんて売れるかよ！　しかもおしっこで汚れているのに！　ありえないっしょ！」

「さぁ、それはどうかな」

俺は２０００でベッドを出品し、その場からベッドを消す。

数十秒後、スマホから音が鳴った。ベッドが売れたのだ。

「なんでえええええ!?」仰天する波留。

「俺はただのベッドをマニア向け商品に変えたのさ」

「どういうこと？」

波留はいまだに分かっていないようだ。種明かしをしてやろう。

「あの商品説明を読むと、いかにも萌花がお漏らしをしたように錯覚するだろ？」

「うん」

「世の中には色々な性癖の奴がいてな。中には女子のお漏らしに興奮する奴もいるわけさ。そういう奴にとって、俺の出品したベッドはただのベッドよりも価値がある。〈ガラパゴ〉の売買は互いの名前が分からないから遠慮なく買えるしな」

「うはぁ！」

ようやく理解した波留。

「大地すげぇ！　天才じゃん！　付加価値すげぇ！」

波留がぴょんぴょん飛び跳ねる。だが、少しして「待って」といきなり止まった。

「それだったら、萌花じゃなくてウチらのほうがよくない？」

「えっ」

「だってウチらのほうが萌花よりモテるし」

「いや、それはそうだけど」

「萌花で20000なら、私のお漏らしってことにしたら10万はいくんじゃね⁉」

由衣は呆れた様子でため息をついた。

「……お金のためにお漏らし女の汚名がついてもいいの？　私は嫌だよ」

「たしかにそれは嫌だー！　じゃあ駄目じゃん！　萌花にして正解！」

019　諸悪の根源は俺だ

萌花の件は、瞬く間にライソを通じて広まった。というより、なんとびっくり萌花が自分で広めたのだ。もちろん内容には偏りがある。

萌花によると、彼女は非常によく頑張っていたそうだ。狩猟などの作業を積極的に行っていたが、残念ながら出来はよろしくなかった。それに腹を立てた俺が急に追放を宣言した――ということらしい。

彼女の言い分だと、諸悪の根源は俺だ。教え方が下手なだけでなく、少しでも失敗すると怒鳴り散らすらしい。萌花を追放したのは、波留達にいい格好を見せたいからだろう、とのことだ。驚くべき捏造である。

当初、この話は多くの人に信用された。そして俺は、話したこともない奴等から叩かれたものだ。カスやらゴミやら、散々な言われようだった。

もっとも、俺を叩く連中の中に、萌花のことを本気で思っている人間はいないだろう。どいつもこいつもストレスの捌け口にしたかっただけだ。

だが、この流れはすぐに変わった。

波留と由衣がグループチャットで発言したからだ。波留は声高に萌花を批難し、由衣は丁寧な口調で真相を説明した。

たったこれだけで形勢逆転。誰かを叩きたくて仕方のない連中の矛先が萌花に変わった。

そんなわけで、萌花はただいま大絶賛炎上中である。私は被害者だと主張する彼女の声に、耳を貸す者はいない。

「あのクソ女、早くも谷のグループから追放されそうだって。ざまぁみろっての！」

串焼きを頬張りながら波留が言った。萌花のあだ名が「男子媚び媚び女」から「クソ女」に変わっている。

俺達は夕食にありついていた。三日目の活動も終わろうとしている。早いものだ。

「谷のグループ、かなり集まってるみたいだね」と千草。

「そうなのか？」

「今の時点で二〇〇人くらいだって」

「二〇〇？　かなり多いな」

「参加希望者はまだまだいるし、あと一〇〇人は集まりそうだね」と由衣。

「過半数が参加するわけか。大変そうだ」

谷の方角へ視線を向けると、見るからに有害そうな黒い煙が際限なく空へ伸びていた。タイヤか何かを燃やしているのだろう。此処(ここ)からでもよく見えるくらいだから、現地では凄(すさ)まじいことになっていそうだ。

「ま、他所(よそ)は他所だ。俺達は今後について考えないとな」

今日の稼ぎはよろしくなかった。昨日は午後だけで40万以上稼いだのに、今日は一日かけて約25万。全部門において昨日よりも不調だった。

「もう少し稼ぎたかったよね」と由衣。

「大丈夫だって！　明日は釣りまくるから！」

「俺としては安定性を重視したいんだよなぁ。明日だけじゃなくて」

「安定性？　どゆこと？」

「例えば一週間で280万を稼ぐなら、毎日40万ずつ稼ぎたいわけだ。一日で200万稼いで後の日は全然、みたいな稼ぎ方だと不安になる」

「そうは言っても無理っしょ。釣れるかどうかは運だし。販売だって需要だか供給だかがなんかでなんかだから右肩下がりなんしょ？　よく分からないけど」

「そうなんだよなぁ」

考え込む。すると、誰かが目の前に串をちらつかせてきた。――千草だ。

「考え事ばかりしていると美味しくなくなっちゃうよ？」

「すまん」

俺は千草から串を受け取ると、刺さっている肉にかぶりついた。


夕食が終わり、風呂の時間。

入浴の前に拠点の拡張を行った。浴室とは違う方向へ脱衣所からフロアを拡張し、そのフロアに洗濯乾燥機と衣装ケースを設置した。下着やシャツなどを洗うための場所だ。

洗濯乾燥機は、普通の洗濯機の倍近い価格だった。予算と利便性を天秤に掛けて、利便性を採用したわけだ。

この拡張に伴い、小物をいくつか購入した。昨日は下着だけだったが、今日はインナーシャツも購入。制服の着替えも買った。

この時に気付いたのだが、制服は異様に安かった。フルセットで500ポイントだ。安物のタンクトップですら1000ポイントは下らないことを考えると破格である。

そんなこんなでお金を使ったため、二個目のトイレはお預けとなった。

「じゃ、一番風呂いただきまーす」

拠点の拡張が終わると、千草の入浴が始まった。その間、俺達は入口付近にある布団地帯で適当に過ごす。過ごし方は人によって異なっていた。

波留は布団の上に寝転がり、スマホで動画を観ている。どうやら動画サイトのヨーチューブを観ているようだ。彼女の画面には、俺でも知っている有名なヨーチューバーが映っている。

『ブンブン、ハロー、ヨーチューブ！』

歩美はシコシコと釣り竿を作っては販売している。売れ筋だった武器は、同業者が増えたので控え目だ。夜も休まぬたくましい商魂に俺は感服した。声を掛けようか悩んだが、必死そうなのでやめておく。

由衣は動画を観ている。波留とは違って真剣な表情だ。俺は彼女の隣に腰を下ろした。

「由衣もヨーツベか？」

ヨーツベとはヨーチューブの略称だ。ヨウツベやらヨツベとも呼ばれている。ヨーチューブの正式名称であるＹＯＴＵＢＥをローマ字読みしたもの。

「ううん、私はこれ」

由衣のスマホに映っているのは予備校の講義動画だった。テレビによく出演している有名な男性講師が歴史の講義をしている。その講師は話し終えると、目にも留まらぬ速さで黒板に文字を書き始めた。書き終えると高速で振り返り、カメラ目線で有名な決め台詞を言う。

『いつ起きたのか？　過去でしょ！』

「由衣は予備校に通っていたんだな」

「まだ二ヶ月目だけどね。通い出したのは三年になってからだから」

「勉強熱心なんだな。予備校に通うまでもなく成績上位だろうに」

由衣は容姿もさることながら頭もいい。ウチの学校は試験結果の順位が発表されるけれど、彼女はいつも上位だ。

「念には念を入れているの。大地は模試でA判定だったら安心しちゃうタイプ？」

「AどころかBでも安心するし、なんなら慢心するぜ」

由衣がくすりと笑った。

「私もそういう性格だったらいいんだけど、なんだか不安なんだよね。試験の日に高熱が出て意識が朦朧としたらどうしよう……とか考えちゃう」

「それで念には念を入れるわけか」

「仮にどの問題を見ても楽勝って状態なら、意識が朦朧としていようが合格できると思うから。それに、落ちた時に後悔しなくて済むじゃん。嫌なんだよね、後悔するの」

「えらいなぁ、由衣は」

「大地みたいな頭のキレはないけどね」

「キレるか？　俺」

「ベッドにおしっこをかけて売るとか天才のそれだったよ」

「偶然だよ。一か八かの賭けでもあった」

俺はゆっくりと立ち上がる。

「勉強の邪魔をするのも悪いし失礼するよ」

「せっかく話しかけてくれたのにごめんね」

布団地帯から離れてトイレに向かう。トイレに入ると扉の鍵を閉め、便座に腰を下ろした。

(俺も自分の作業に集中するとしよう)

スマホを取りだし、マナーモードになっているかを確認する。さらには音量を最小限にし、ダメ押しでミュートボタンも押す。

万全の状態でネットを開き、海外の動画サイトにアクセスした。

「さて……」

適当な動画を再生する。セクシーなお姉さんの動画だ。悪くない、コレにしよう。

「おおっ……！　おおおっ……！　おおおおっ……！」

左手でスマホを持ち、右手で愚息を握った。興奮度に比例して便座の揺れが激しくなる。

「ふぅ……」

揺れが止まると同時にこぼれる息。トイレの中がイカの臭いで満たされていった。

四日目

020 無茶かどうかは俺が決めるんじゃねぇ

四日目が始まった。

起きたら顔を洗ってライソを確認する。

「おはよー、大地君」

ライソを読んでいると女子達(たち)が起き始めた。起床時間はおおむね俺と同じだが、波留だけはいつも遅い。今日もワンパク坊主のように四肢を伸ばして眠っている。

「シーツの洗濯しておくね」

「私も手伝うー」

由衣と歩美が布団のシーツを剝いでいく。それでも波留は寝たままだ。

「波留のはどうする？」と歩美。

「自分で洗わせたらいいんじゃない？」

「だよねー」

二人は剝いだシーツをグルグル丸めて、洞窟の奥へ持っていく。

「ふんふんふーん♪」

千草は鼻歌を歌いながら朝食の準備をしている。今日も串焼きだ。

「いつまでも串焼きですまんな」

「気にしないでいいよ。これでも十分に楽しいし」

「食えれば十分ってことで、キッチンはどうしても優先度がな」

「うん、分かってる。それより、ライソのほうはどう？」

俺は未読のログをサッと流し読みする。

「うーん、特にめぼしい情報はないな。木の上安全説が確定したことくらいだ。昨日や一昨日に比べると落ち着いているよ」

四日目ともなれば、発狂している者はいなかった。それどころか、この環境を楽しむ者まで現れている。

「余裕こいてこんなことをしている奴がいるぜ」

俺はグループチャットにアップされている写真を見せた。

「すごっ！　ハンモックだ！」

写真では、リア充そうな男子がハンモックで寝ていた。サーフィンをしていそうなこんがり焼けた肌をしている。俺の青白い不健康そうな肌とは大違いだ。

「このハンモックって自作なのかな？」

「ハンモック自体は〈ガラパゴ〉で買ったんじゃないかな。なんにせよ、木の上に寝床を作るって発想は大したものだ。大半は一時的な避難場所としてしか考えていないのに」

ログを読み終えたので生存者の数を確認する。四四二人だった。

「昨日の死亡者数は一六人だな」

「だいぶ減ってきたね」

ふと気になった。谷で集まっている奴等はどうしているのか、と。

再度ライソを開いて調べたところ、近くの木で過ごしていると分かった。

「この数日で約一〇〇人が死んだんだよね。改めて考えると凄い数」

「俺達も気をつけて活動しないとな」

話していると波留が目を覚ました。

波留はむくりと起き上がり、寝ぼけ眼をこすって周囲を眺めている。

そんな波留を見て、俺達は頬を緩めた。

「今日も張り切っていこうか」

「おー!」

スマホをポケットに戻し、千草の作業を手伝った。


今日は釣りと販売に分かれて行動する。

組み合わせは二日目と同じだ。俺と波留が釣りで、残りが販売担当。

「うおっ、ヘビだぁ!」

川へ向かう道中、ヘビに遭遇した。

「この島には色々なヘビが棲息しているな」

これまでもヘビは見てきた。種類は色々だが、基本的に大きい。動物園で見たニシキヘビと同じくらいだ。そして、どいつもこいつも危険そうな見た目をしている。

目の前にいるヘビは鉄鋼のような見た目の皮をしていた。こちらに気付く様子はなく、するすると茂みに消えていく。俺達はホッと胸を撫で下ろした。

「昼の動物は襲ってこないのかな？」

「そんなことないぞ。ライソで誰かが襲われたと言っていたから。どうやらこの辺りは平和みたいだけど、場所によっては熊とかも出るらしい」

「熊ッ⁉　怖ッ！」

「とはいえ、そろそろ角ウサギ以外も狩っていかないとな。例えばさっきのヘビくらいはサクッと倒したいものだ」

「大地、無茶はやめたほうがいいよ」

「無茶かどうかは俺が決めるんじゃねぇ」

「⁉」

「オーケーグーグル、ニシキヘビサイズのヘビと遭遇した時の対処法を教えてくれ」

「出たぁ！　反則技！」

「ふふん、こいつがあればヘビなんざザコよ」

『逃げましょう』

「ほれみぃ！　無茶じゃんか！」

波留が声を上げて笑った。

今日の釣果も芳しくなかった。俺は槍だから安定しているが、波留のほうはまるで釣れていない。ボウズこそ回避しているものの、昼が近づいても釣果は一匹のみ。

「こんなにも魚がいるのになんでだよー！」

波留は団子状の餌を釣り針に付けながらボヤく。

たしかに川の中には大量の魚が泳いでいる。しかし、波留の餌には食いつかない。川の流れに従って左から右に消えていくのみ。運の悪い一部だけが、川で仁王立ちしている俺によって突き刺される。

「これじゃあ土地を買うなんて夢のまた夢じゃんか！　歩美達のほうも微妙っぽいし、どうにかなんないの⁉」

「どうにかしたいのは山々だがなぁ……」

適当な魚に向かって槍を伸ばす。残念なことに命中しなかった。嘲笑うかのようにひらりと回避されてしまう。その魚は俺の股を抜いて泳ぎ去ろうとした。

「逃がすものか！」

俺は咄嗟に股を閉じた。もちろん間に合わない。

「クソッ、一手遅かったか！」

「一手どころじゃないっしょ！」と笑う波留。

「いやぁ、あと数秒早く股を閉じていたら分からなかか――！」

会話の最中、俺の全身に電流が走った。

「そうか、その手があったか！」

「なになに？　どうしたの？」

「クックック……！」

自然とおかしな笑いがこぼれる。これぞまさに天啓だ。

「波留、俺は閃いてしまったぜ」

「だからなに⁉　なにを閃いたのさ⁉」

「安定して金を稼ぐ方法さ」

「えっ⁉　マジで⁉」

「たぶん、いや、ほぼ確実にいける……！」

閃いた方法を脳内で検証する。成功する未来しか見えなかった。

「とりあえず昼メシを食いに戻ろう。詳しいことはその時に話す。上手くいけば一攫千金も夢じゃないぞ」

荒稼ぎする自分の姿を想像すると、ニヤニヤが止まらなかった。

021　初のチームプレイ

閃いた妙案を昼食の場で話した。

「その手があったかぁ！　大地やっぱ天才じゃん！」

話を聞いた波留は、手を叩いて興奮している。

「発想が凄いね」由衣も太鼓判だ。

千草と歩美からも賞賛の声がかけられた。

「全員で協力して行う作業は今回が初めてになる。成功させてがっつり稼ごうぜ！」

——ということで、皆で仲良く川にやってきた。

川の様子はいつもと変わらない。幅は約一〇メートルで、深さは脛が浸かる程度。流速はやや速く感じるものの、川に入るのを躊躇うほどではない。魚の数は大量だ。

「さて、一網打尽にするぞ！」

俺は〈ガラパゴ〉で網を購入する。とてつもなく大きな網だ。２０００ポイントもしたけれど、価格以上の効果が期待できる。

俺達が行うのは漁だ。川に網を仕掛けて、泳いでくる魚をもれなく捕まえる。

「上三人の下二人でいこうか」

靴と靴下を脱ぎ、全員で川に入った。俺、波留、千草の三人が上流を担当し、由衣と歩美の二人が下流に立つ。

位置に着いたら、網を最大限まで伸ばして、川の底にピンッと張る。何も知らない川魚達は、いつもの調子で網の上を泳いでいく。

これで準備は整った。漁の始まりだ。

「始めるよ」

由衣の合図で下流組が動き出す。網を胸の高さまで持ち上げ、上流組へ近づく。川魚にとっては、目の前に網の壁ができたようなものだ。あっという間に、進めなくなった川魚の行列が完成した。

「その辺で止まってくれ」

俺の指示で下流組が止まる。

「あとは俺達だな」

「待ってました！　やるぞ！　大地、千草！」

下流組と同じ要領で網を持ち上げる俺達。そのままゆっくりと下流組に近づく。こうして網の中が魚で満たされた。この網を陸まで運べば終了だ。

「大漁だぁあああああ！」

岸に上がると同時に波留が叫んだ。俺を含む残りの四人も安堵の息をこぼす。

「あとは逃げ場のない魚を全員で摑めば金になる」

網にかかった大量の魚を見ながら言う。その瞬間、網の中の魚が一斉に消えた。モコモコに膨らんでいた網がペタンコになる。

「どうやらわざわざ摑む必要はなかったみたいだね」と由衣。

「これは誰の稼ぎになるんだろうな？」

「そりゃー、ＭＶＰの私っしょ！」ドヤ顔の波留。

「ＭＶＰとかある？」と歩美。

「それだったら発案者の大地君じゃない？」

「それもそっかぁ！　なら今回は大地に譲ってやらぁ！」

「波留が譲ってくれても、〈ガラパゴ〉がどう判断するか分から……」

話している最中に「チャリーン」が聞こえた。

鳴ったのは――全員のスマホだ。

俺達は〈ガラパゴ〉を起動し、履歴を確認する。

大量の魚がお金になったことを示すログが並んでいた。

「なにこれ⁉　いつもより明らかに安いんだけど⁉」

「たしかにどの魚も１０００ポイント前後にしかなっていないな」

これはいつもの五分の一程度の額だ。すぐにピンときた。

「全員のスマホが鳴ったし、たぶん五等分なんだろう」

「そんなのどうやって分かるのさ？」

「履歴を見せ合えばいい。全員が同じログになっているはずだ」

ということで、全員のスマホを並べる。

その結果、報酬はきっちり五等分であると分かった。

「一人あたり約７５０００ポイントの稼ぎってことは」

「五人だと約37万ってところだね」と歩美。

「すげぇ！　こんな短時間で37万も稼いだの⁉」

「そういうことだ」

漁の時間は二〇分とかからない。仮に休憩を挟んだ場合でも、一時間に二回は行えるだろう。稼ぎに多少のムラがあるとしても、一時間で約60万は稼げる。

「見ての通り川には大量の魚がいるから、よほど乱獲しない限り絶滅することはないだろう。この方法なら安定して稼げるし、これでお金の悩みは解決だ！」

嬉しさから俺達は雄叫びを上げた。


その後も俺達は漁を続けた。休憩を忘れず、一時間に二回のペースを堅持する。

一回あたりの平均収入は約35万ポイント。それを今日だけで六回。

たった一日で２００万以上も稼いでしまった。これは過去最高なだけでなく、昨日までに稼いだ合計金額よりも多い。

漁は三時間で切り上げた。限界まで頑張ると翌日以降が苦しくなる。薬は〈ガラパゴ〉で買えるとはいえ、病院のないこの島では健康面の配慮が最重要だ。

「これだけあったら使いたい放題だなぁ！」

帰りの道中、波留が嬉しそうに声を弾ませた。

「使いたい放題って程ではないけど、余裕はできたよな」

誰もがホクホクの笑みを浮かべている。

俺なんて、濡れた網を担いでいるせいで服がビショビショなのに笑顔だ。

「これでキッチンとか作れるよね⁉」

「もちろんだとも。真っ先に作ろう」

「やったー！」

千草が目を輝かせながら跳びはねる。誕生日プレゼントを貰った子供みたいな喜びようだ。誰よりも豊満な胸が上下にぷるんぷるん揺れていた。


拠点に戻ったらフロアの拡張だ。

「ついにコイツとお別れする日がやってきたな」

拠点に入ってすぐのフロアに並ぶ布団を見る。布団地帯は今日を以てダイニングキッチンに生まれ変わる予定だ。

「布団はどうする？　また付加価値を付けて売るの？」

由衣が尋ねてきた。

「残しておいていいんじゃないか。いつか使う日が来るかもしれない。使わなくなった物を保管する為のフロアも用意しよう」

俺は布団地帯の右にある壁を二度拡張した。

「布団地帯と合わせて三フロア。千草はこのフロアをダイニングキッチンとして構築してくれ。必要なら追加でフロアを拡張してくれてもかまわない」

「私が決めていいの⁉」

千草が鼻息を荒くして距離を詰めてきた。俺の身体に彼女の胸が当たっている。少し、いや、かなりムラムラした。

「当たり前さ。だって此処は千草の縄張りだろ？」

「ありがとー、大地君！」

いよいよ抱きつかれてしまった。胸の弾力に加えて髪の甘い香りまで俺を刺激する。

（やばい、このままでは……！）

股間の膨らみを感じたので慌てて離れる。千草をその場に残し、布団を持って洞窟の奥に向かった。千草の布団は俺が一緒に運んでおく。

「俺達は個室を作ろうか」

突き当たりで足を止めた。

「個室!?」波留が食いつく。

「お金に余裕があるし、一人で過ごせる空間が欲しいだろう？」

ということで、突き当たりの壁に向かって拡張を行う。俺がフロアを増やすと、女子達が照明と空調を付けてくれた。

「とりあえず今回はこれでいいか」

奥に向かって七度の拡張を行った。目の前にあった突き当たりが随分と先になる。

「あとは左右の壁を各自で拡張して個室にしよう。家具とかも好きに設置するといい。完全に自由だ」

「まじかぁ!? 大地は太っ腹だな！」

「その代わり、お金を使い切るのはＮＧな。一人につき20万、五人で１００万は残しておきたい」

「１００万も残すの!? 大地は心配性だな！」

「そうでもないさ。食費に50万、土地の購入やらトイレの増設やらで50万ってところだ。有事に対する備えとしては少ないくらいだよ」

「ほんとかよ。ま、そういうのは大地と由衣に任せるよ！」

波留は話を切り上げ、ウキウキで個室作りを始める。

こうして、俺達の拠点にダイニングキッチンと個室が追加された。

022 私をフレンドリストから削除して

千草の作ったダイニングキッチンは完璧だった。布団地帯があった場所は使用せず、その隣のフロアにダイニングがある。そこには、五人で使うには広すぎるダイニングテーブルが置かれていた。ダイニングはその次のフロアにも続いている。

キッチンは新しく拡張したフロアに作られていた。シンクは壁面ではなく、キッチンフロアの中央にある。たしか「アイランド型」と呼ばれるタイプだ。当然ながら水の出る蛇口があり、食材をカットするスペースも備わっていた。

コンロや電子レンジは壁側にある。使えるのか気になって試したところ、普通に使うことができた。千草によると、追加費用を支払うことで使用可能になるらしい。

千草は所持金の大半をキッチン周りの拡充に費やしていた。食器から調理器具まで完璧に揃っていて強い拘りを感じる。そんな状況なので、自身の部屋に回すお金はなく、彼女の部屋にあるのはベッドくらいだ。

ダイニングキッチンが完成したことで、一気に現代らしい雰囲気になった。

「美味しい料理を作るから楽しみにしていてね！」

ピカピカのキッチンで料理に励むエプロン姿の千草。それを俺達はダイニングテーブルから眺める。キッチンから漂う香りを堪能しながら、しばらくその場で雑談に耽っていた。

「おっと、忘れていたぜ。土地を買うのだった」と席を立つ俺。

なんだかんだで先延ばしになっていた土地の購入を行う時がやってきた。

「気になることがあるし、私も一緒に行くよ」と由衣が俺に続く。

波留と歩美はダイニングで過ごすようだ。

由衣と共に拠点を出ると、５０００ポイントを支払って土地を購入する。エラーログは表示されず、あっさり買うことができた。

購入が済んだ瞬間、クエスト「土地を買おう」がクリアになる。クエスト報酬は１００００ポイント。今だと微妙に感じる額だ。

「土地と拠点の入場制限は別々にできるみたいだね」

由衣が教えてくれた。

入場制限の種類は拠点の時と同じだ。「本人のみ」「フレンドのみ」「フレンドのフレンドまで」「誰でも」の四つ。

「土地だけ〈誰でも〉にできるってことか。ところで、さっき言っていた気になることって入場制限のことか？」

「後はブロックごとに入場制限をかけられるかってことも」

「折角だし試してみるか」

今しがた買った土地に隣接しているブロックを購入する。隣接しているブロックは三つあり、その中でも川に近いものを選んだ。最終的には川まで土地を広げたい。

「買ったぞ」

俺の合図で、由衣がすかさずスマホを確認する。

「ブロック単位では入場制限をかけられないみたい」

「拠点もフロア単位で設定できないし、まぁ予想通りだな」

「あと一つ試したいんだけどいいかな？」

「いいぞ、俺はなにをすればいい？」

「私をフレンドリストから削除して」

「えっ？」

「見えない壁について検証したいの」

「一時的に削除するってことだな」

「もちろん。ここから出て行くと思った？」

クスリと笑う由衣。

「じゃ、削除するぞ」

フレンドリストから由衣を削除すると、彼女はブロックの外に弾き飛ばされた。盛大に尻餅をつき、こちらに向かってM字開脚の体勢に。ピンクのパンツが見えた。

「大丈夫か⁉」

「ちょっと痛かったけど平気」

由衣は立ち上がると、尻に付着した砂を払い落とし、スマホを確認する。

「拠点タブは残っているけど、共同管理者ではなくなったみたい」

俺も確認したところ、たしかに共同管理者の欄から由衣の名が消えていた。

由衣が落ちている石コロを拾う。すぐになにがしたいのか分かった。

「見えない壁に石が弾かれるか見たいわけだな」

「その通り。堂島さんを追放した時から気になっていたの」

「たぶん弾かれるよ」

「試してみるね」

由衣がこちらに向かって石を投げつける。案の定、石は見えない壁に弾かれた。

「ほらな」

「ほんとだ——あっ、大地、あれ！」

茂みから角ウサギが現れた。

「そういや見えない壁って敵性生物の侵入を阻むんだよな」

それだけで、由衣は俺の言いたいことを察した。

「角ウサギで試してみる？」

「そうしよう」

俺達は二手に分かれて角ウサギを誘導する。

角ウサギは俺達の土地に逃げ込もうとして、見えない壁に激突した。

「捕まえた！」

壁にぶつかって怯(ひる)んだ角ウサギを由衣が捕獲。

角ウサギは四肢をバタバタして抵抗している。捕獲だけではお金にならないようだ。

「よし、土地の入場制限を〈誰でも〉に変えてみよう——これでよし。由衣、その角ウサギを土地に放り込んでくれ」

由衣は見えない壁の前で角ウサギを放す。

角ウサギは俺達の土地を横断し、全力で逃げていった。

「設定が〈誰でも〉だと動物も入れるみたいだな」

「深夜の猛獣も入れるのかな？」

「分からないが、入れると考えるのが普通だろう」

これで検証は終了だ。

俺は由衣をフレンドリストに再登録した。拠点の共同管理者にも設定しておく。

「大地ー、由衣ー、ご飯が出来たよー！」

波留がダイニングからひょいっと顔を覗かせる。

「ナイスタイミングだな。すぐに行くよ」

さて、千草の作ったご馳走にありつく時間だ！

023 徘徊者

ダイニングで食べる記念すべき最初の料理はザ・和食だった。

ご飯、味噌汁、焼き魚。大量の小鉢に色とりどりの料理が花を咲かせている。

「さすがに作りすぎだろ」

「一つ一つは小さいから大丈夫だよ！」

エプロン姿の千草が「召し上がれ」と微笑む。

俺達は適当な席に座り、「いただきます」と手を合わせた。

初めて食べる千草の手料理。そのお味は――。

「うんめぇ！」

文句なしに美味かった。普段は敬遠しがちなカボチャの煮付けですら美味い。

俺達は一口食べるごとに賞賛の言葉を口にした。

「食卓や食器が揃っていると大違いだな」

今までは地べたに座って串焼きを食べていた。原始的で楽しかったが、やはり食卓で食べる方が良い。箸を使うだけで気分が上がった。

「そういえば千草、包丁はどうやって用意したんだ？」

「木と鋼を買って包丁の形に加工して召喚したの。で、砥石も買ってそれを全力で研いだ。歩美が！」

「ふふん」とドヤ顔の歩美。

「ちなみにこれが私の使っている包丁だよ」

千草がキッチンから持ってきた包丁は、予想以上に立派な代物だった。市販品と言われても信じるクオリティだ。

「出刃とか柳刃とか、他にも欲しい包丁がたくさんあるの。だから歩美、また時間がある時に協力してね」

「いいけど、私、刃物を研ぐのは別に得意じゃないよ？」

「大丈夫！　歩美が作ってくれるのが一番だから！」

「そう言ってくれるなら頑張ろうかな」

「ありがとー。じゃあ、出刃と柳刃ができたら、麺切り用とパン切り用もお願い！　他にもまだ作って欲しいものがあって……」

「もうやめてーっ！」

歩美が叫んだ。


夜、唐突に目が覚めた。ベッドから身体を起こしたところで個室だと気付く。

昨日までとは生活が一変した。布団地帯は撤去され、全員にベッド付きの個室がある。ベッドの寝心地は最高だが、いくばくかの寂しさも感じられた。

「時間は……」

ベッドサイドのテーブルに手を伸ばし、置いてあるスマホを手に取った。

現在の時刻は午前三時。

「ちょうど例の猛獣が出ている頃か」

ライソを確認する。もはや助けを乞うて喚いている者はいない。未読のログも一〇〇件程度だ。誰もが粛々と対応している。

「いったいどんな奴なんだろうな、深夜の猛獣」

猛獣に関する情報だけは錯綜したままだ。

「怖いが……行ってみるか」

女子達の個室を除く全フロアの照明をオンにする。壁に立てかけてある槍を手に持ち、自分の部屋を出た。

この時点で凄まじい怖さだ。心臓の鼓動はいつもより激しく、呼吸も荒くなっている。

「本当にこの中は安全なんだろうな……」

恐る恐る拠点の入口までやってきた。外は暗くて、微かに差し込む月光が唯一の光源だ。

肉眼では猛獣らしき存在を確認できない。

「外に出てみるか」

俺は〈ガラパゴ〉を起動し、土地の設定を開く。入場制限が「フレンドのみ」であることを確認してから外に出た。

すると、カサカサ、と左手の茂みが揺れた。

「猛獣か⁉」

槍を構えて、茂みに身体を向ける。

「…………」

なにも出てこない。夜風に煽られただけだったのだろうか。暗すぎて分からない。

「もう少し明かりが欲しいな」

ということで、懐中電灯を購入した。

懐中電灯で周辺をぐるりと確認するが、猛獣は見つからない。ヘビや角ウサギの姿も確認できなかった。拍子抜けだ。

「ここで待機していたら来るかな」

土地の上にいるということもあり、気持ちが強気へ傾いていく。言い換えると緩み始めていた。拠点を出るだけで怯えていた人間とは思えない。

「……暇だな」

その場に腰を下ろしてスマホをポチポチ。ライソが静かなのでニュースサイトを開く。

俺達の失踪に関する話題は見かけなくなっていた。今の話題は芸能人の覚醒剤容疑についてだ。有名な清純派女優が覚醒剤を使用して逮捕されたらしい。

「まだ一週間も経っていないのに、俺達のことなんぞ大半が忘れていそうだな」

ため息をつき、ニュースサイトを閉じる。今度はどうにかして外部に連絡しようと試してみた。初日以来のことだったが、案の定、あらゆる手段が通じない。

「やはり自力で抜け出すしかないか……」

島を脱出する方法について考える。此処から最も近い集落は、約三三〇キロメートル先にある小笠原諸島だ。

そこまで行くのは至難の業だ。手漕ぎのボートでは無理がある。かといって、俺達に造船技術があるはずもない。

船を買うこともできるけれど、どういうわけかとんでもないぼったくりだ。機関を備えている船は安くて数千万。機関のない帆船ですら1000万は下らない。

「船以外になにか……ないよなぁ。孤島だし」

自力で島を脱出するのは、しばらく先のことになりそうだ。

カサカサ、カサカサ。

またしても草むらが揺れた。先ほどと同じ場所だ。やはり何かが伏せている。

「姿を現しやがれ！」

俺は土地の上から、気配があった場所へ槍を突き刺す。

「キュー！」

角ウサギだ。血相を変えて逃げていく。俺の攻撃はまともに当たらなかった。

「もうすぐ四時だ。やはり土地から出ないと猛獣は――うわぁあああああああ！」

振り返り、そして、叫んでしまった。

見えない壁に人型の化け物が張り付いていたのだ。常人の五倍はありそうな大きい頭が特徴的な奴だ。

驚いた拍子に尻餅をつく。それによって、体が土地から出てしまった。化け物とは反対側の見えない壁から。

「「ヴォオオオオオオオオ！」」

角ウサギがいた茂みから別の化け物が襲ってくる。首が二つある犬の群れだ。

「ひぃいいいいいい！」

慌てて土地の中に逃げ込む。

犬共は俺を襲おうとして、見えない壁に顔面から突っ込んだ。驚いた様子で素早く立て直すと、身を翻して茂みに消えていく。

「こいつらが例の……」

どう見てもまともな生物ではない。化け物だ。

しかし、化け物でも見えない壁は突破できない。壁の内側は聖域だ。

「驚かせやがって！　小便をチビるとこだったろ！」

人型の化け物に近づき、槍で攻撃した。石の穂先が敵の顔面に突き刺さる。

化け物は血を流すことなく、静かに消えた。

「やったのか……？」

手応えがない。あまりにもあっさり過ぎる。

だが倒していたようで、スマホからいつもの音が鳴り、クエスト報酬が入った。

クエスト名は――「徘徊者を倒そう」。

「徘徊者……それがあいつらの正式名称か」

報酬はクエスト分だけだった。ボスと同じで徘徊者も討伐報酬がないようだ。

「ボスといい、徘徊者といい、強そうな奴に限って金にならないなんてな……」

俺は気持ちを落ち着けてから部屋に戻った。

024 有能な奴こそ仲間に欲しいものだ

五日目の朝がやってきた。

昨日の死亡者数は二人。徘徊者対策が浸透している証拠だ。

食卓を囲んで朝食を摂る俺達。今朝も和食だが、量は控え目だ。

「うんまぁ！」

波留が豪快に米を掻き込む。はしたなく見えるけれど、そうする気持ちは理解できた。ただの米とは思えない美味しさなのだ。ふっくらした米の一粒一粒から旨味が溢れている。

千草によると、美味しさの秘訣は水にあるそうだ。蛇口の飲料水ではなく、米用に買った水を使用しているとのこと。

だが、彼女のこだわりは水だけに留まらない。米も有名ブランドの高級米を使っており、さらには土鍋で丁寧に炊くというこだわりようだ。

「この調子なら明日は誰も死なないで済むなぁ！」

「それはどうかな」

俺は箸で卵焼きをつまみ、口に運ぶ。

「大丈夫っしょ！　死亡者の数は少しずつ減っているんだし！」

「だといいけどなぁ」

「何か気になることでもあるの？」と由衣。

「谷のグループでは既にトラブルが起きているからな」

ここから徒歩で数時間の距離にある谷。生存者四四〇人の内、約三〇〇人がそこで活動している。俺達が「谷のグループ」と呼ぶその集団では問題が起きていた。

詳細は不明だが、おそらく人間関係でこじれているのだろう。萌花のような寄生虫がいる時点で、そうしたトラブルは避けられないものだ。

「しかも、間違いなく深刻な状況に陥っている」

「そうなの？」

「ほぼ全員が野宿のままだからな。フロアをまるっきり拡張せずにいるんだぜ」

ライソではこの件に関する愚痴が散見された。多くの者が拠点に入りたがっている。木の上が安全だとはいえ、誰だって拠点の中で過ごしたいものだ。

「拡張しないのは節約のためっしょ！　一時凌ぎなんだから！」と波留。

「大した出費にはならないだろ。照明と空調を付けなければ５０００ポイントで拡張できるのだから。仮に一フロアを五人で利用するとしても、利用者が全員で負担すれば、一人当たりたった１０００ポイントで拡張できる。徘徊者に怯えて木の上で寝ることを考えたら、１０００ポイントぽっち余裕で割り切れるだろ」

「言われてみればたしかに……」

「現にグループチャットでは『金は出すから拡張してくれ』という発言が多く見られる。なのに、拠点の所有者は頑なにそうしない。いや、できないのだろう」

「できない理由ってなにさ？」

「それは分からない。洞窟の入場制限を決める奴等が拒みたくなる何かだ。そうでなければ、今頃は全員が収容できるだけのフロアを拡張している」

「もしかして、お金を他人にあげる方法を知らないんじゃないの？」

「それはありえない。だって、販売を駆使して任意の相手にお金を渡す方法については、俺達がグループチャットで拡散したのだから」

「そういえばそうだった！」

「木の上で過ごす生活なんて、耐えられても数日だ。よほど適応力の高い奴じゃない限りはな。そろそろ厳しくなってくるぜ」

「適応力って言えば、水野君、また楽しそうな写真をアップしていたよ」

千草が話題を変えた。

水野君とは樹上生活を楽しむ数少ない男子のこと。昨日は立派なハンモックで自撮りしていた。二年生だから人物像は不明だ。どんな人間なのか興味がある。

「食事中にごめんね」

そう言って千草はスマホをいじり始めた。そして、「これこれ」と水野がアップした写真を見せてくる。

改良した樹上環境を紹介する写真だ。蔦や木の板で作った橋を複数の木に架けている。ツリーハウスを作ろうとしている様子も窺（うかが）えた。

「すげぇな、コイツ」

大自然で生活してきた人間かの如（ごと）き適応力だ。ただの高校生とは思えない。

「この人の発言、私も結構チェックしてるよ。面白いし、参考になるよね。自動復活の話とか言われるまで気付かなかった」

由衣が言っているのは、採取した果物が復活する現象についてだ。

そこらの木になっている果物は、採取から二四時間で自動的に復活する。まるでゲームのように、どこからともなくポッと現れるのだ。

水野の発見はそれだけではない。徘徊者が木に登れないことに気付いたのも彼だ。もしも水野がいなければ、今頃はもっと多くの人間が死んでいただろう。

「俺達と生活スタイルがまるで違うから、俺達の気付かないことにも色々と気付いてくれるんだよな。こうやって情報を発信してくれるのは助かるよ」

水野みたいな有能な奴こそ仲間に欲しいものだ。

頭の中に浮かんだ萌花の顔面に右ストレートをぶちかました。

025　襲ってきてくれたほうが私は嬉（うれ）しいけど

午前の活動は川での漁だ。全員で川に移動し、魚の群れを一網打尽にする。もはや慣れたもので、作業中に雑談を楽しむ余裕があった。

「お金がすぐに貯まるのは嬉しいけど、あたしゃ釣りがしたいなぁ！」

「分かっているさ。乱獲防止の為にも一日の稼ぎは200万から300万の間に留めておこう。残りの時間は各自の自由ってことで。釣りはその時にするといい」

「さっすが大地！　よく分かってるじゃん！」

「ただ貪欲なだけさ」

「貪欲？　乱獲防止の為とか言ってるのに？」

「自由時間を使ってこの漁と同じくらい、いや、これ以上に稼げる方法がないかを探すつもりだからな。そういった方法を知っておけば、漁ができなくなっても安心だ。な？　貪欲だろ？」

「そこまで考えているの!?　貪欲ってか、心配性のお爺ちゃんじゃん！」

「なんでお爺ちゃんになるんだよ！」

女子達が声を上げて笑う。

「ほんと大地君ってしっかりしているよね」

「休み時間は寝てばっかりだったから、こんなに頼もしい人だとは知らなかったよ」

「そういや由衣って、三年以外は大地と同じクラスなんだっけ？」

歩美が尋ねると、由衣は頷いた。

「あんまり大地を褒めちゃ駄目だ！　見てみぃ、あの伸びきった鼻の下！」

波留が言うと、全員の視線が俺に集まった。そして、クスクスと笑っている。

「えっ？　俺の、そんなに伸びてる？」

「いやぁ、もう酷いもんだよ。喜びすぎっしょ！」

「そ、そうかなぁ」

よほどニヤニヤしているのだろう。その自覚はあった。


昼食は川辺でとることにした。午前だけでは目的の額まで稼げなかったからだ。拠点に戻ってまた来るというのでは効率が悪い。

今日の昼食はＢＢＱセットを使っての焼き料理だ。焚き火ではなく脚の高いコンロの上で焼いている。肉に野菜、それに海の幸もたくさん。炭の香りが関係しているのか、鮎の塩焼きがいつも以上に美味い。

「串焼きもＢＢＱスタイルで食べるとまだまだいけるな」

「大地君の発見の賜物だよ」

大きな荷物を楽に運ぶ方法について、川で漁をしている時に閃いた。

仕組みはこうだ。

まず、運搬したい物――例えばＢＢＱ用のコンロを売りに出す。販売リストに登録した時点でコンロは異次元の彼方へ消える。この状態で運搬先まで移動し、販売を取り消せば完了だ。販売リストから削除された瞬間、異次元に消えていたコンロが姿を現す。

俺達はこの小技をライソで紹介した。

「皆、大地に感謝しているよ。革新的だって」

　由衣がスマホを眺めながら言う。

「たまには俺達も情報を発信しないとね」

　俺達は漁のことを伏せている。同業者が増えて奪い合いになると面倒だから。もっとも、漁のことはすぐに知られるだろう。谷のグループの主な収入源は魚と果物だ。三〇〇人もいれば、一人くらいは漁を思いつくはず。

「たまにはって言うけど、私達はかなり発信していない？」

「それもそうだな」

　谷のグループに参加していないものの、俺達は協力的だ。昨夜の徘徊者に関する情報も既に共有している。おかげで多くの人から「良い人」として扱われていた。それと同時に、ウチを追放された萌花に対する風当たりはきつくなるばかりだ。

「そういえば、堂島さんが谷のグループを抜けたって知ってた？」と歩美。

「知らなかったな。俺達の時と同じで追放されたのか？」

「ううん、自分から抜けたみたい。五組の男子数人と」

「谷よりも良い場所を見つけたってことか」

「それっていつの話？」と由衣。

「たしか昨日の昼ぐらいだったと思う」

「なら私達を襲うつもりではないみたいね。その気なら既に遭遇しているだろうし」

「襲ってきてくれたほうが私は嬉しいけどなぁ！」と波留。

「ま、なんだっていいさ」

昼食が終わると、コンロを販売タブに追加する。売れたら売れたでかまわないので、購入時と同じ価格にしておいた。商品名は「あ」で、商品説明も「あ」だ。

売れたら面白いなと思ったが、売れることはなかった。


午後の漁は二時間もかからずに終了した。

「あとは自由行動だ。俺は網を持ち帰って、そのまま風呂に入るよ」

「一番風呂じゃん！　ずっりぃ！」と波留。

「光熱費は無料なんだから、一番風呂に魅力なんてないだろ。気になるなら自分が入る前に湯を張り直せばいいだけだ」

「そうだけどさぁ！」

波留は釣りをするということで川に残った。それに付き添う形で由衣も残る。

俺を含む残りの三人は拠点に戻ることにした。

「思ったんだけどさ、拠点の中って明らかに広すぎるよね。外からだとただの小さい洞窟って感じなのに、中はすごく広い。明らかに中の広さが外観に合っていないよ」

拠点が見えてきたところで歩美が言った。

「不思議なものだが、そういうものだと思うしかないさ」

「そうなんだけど、ふと気付いた時に不気味さを感じちゃう」

拠点に入ると、物置用のフロアに網を収納する。販売タブに登録しないのは、漁をしていることを秘密にしておきたいからだ。網の存在で閃かれても困る。

作業が終わると脱衣所へ移動した。脱いだ服が洗われずに溜まっている。

「昨日の洗濯当番は波留のはずだが……アイツ、忘れやがったな」

代わりに洗濯しておく。女子の下着が多くて触るのに躊躇う。どれが誰の物かは分からないけれど、なかなかのドスケベ下着があってニッコリできた。


入浴後は自室にこもって休憩だ。

この島に来て以降、せわしなく働き過ぎた。たまにはこういう休憩時間も大事である。

他の連中も同じ考えだったようだ。波留と由衣も少し前に帰ってきて休んでいる。

「大地、ちょっといい？」

扉がノックされ、外から歩美の声が聞こえる。

「どうした？」

俺はベッドから身体を起こし、扉を開けた。

「フロアを拡張したいんだけどいいかな？」

「あえて訊いてくるってことは、部屋とは別に作りたいってことか？」

「そうそう。工場を作りたくて」

「工場？　ベルトコンベアでも作る気か？」

　歩美は「違う違う」と笑った。

「そんな大がかりなものじゃないよ。アクセサリーとかを作ってみたいの。ガスバーナーとか色々と使うから工場って言ったけど、作業場って言った方が良かったかな？」

「そういうことなら、俺もいくらか負担するよ。足りないようなら言ってくれ。細かいことは歩美に任せるよ。好きに構築してくれてかまわない」

「ありがとー。完成したら指輪とか作ってあげるね」

「アクセサリーなんて俺には似合わないよ」

「私が似合うようにデザインするから安心して！」

　歩美は個室とダイニングの間に位置する通路でフロアの拡張を始めた。

「大地君、ちょっといい？」

　扉を閉めようとした時、千草が近づいてきた。今日は来客が多い。

「料理の味見をしてほしいんだけど」

「俺がか？」

「他の人の反応も知りたくて。駄目？」

「駄目じゃない。お安い御用さ」

　千草と共に通路を進み、かつて布団地帯があった場所に到着。そのままダイニングのほうへ身体を向けようとした時――。

「誰かいるぞ」

外で気を失っている者の存在に気づいた。

026 変わった性格の男

異様な光景だった。その男子は前のめりに気を失ったようだが、完全には倒れていない。見えない壁に上半身がひっかかっていたのだ。

「大地君、この人」

千草がその男子を指す。そいつの顔には見覚えがあった。

「水野だ！」

男はハンモックでお馴染みの水野だった。俺とは真逆の健康的な肌をしている。

「酷い、誰がこんな……」

千草が両手で口を覆う。俺もそうしたい気持ちだった。

水野の顔面はパンパンに腫れ上がっていたのだ。腫れていない箇所にいたっては紫色に変色している。暴行を受けたのは明らかだ。

「とりあえず手当てしよう。千草、土地の入場制限を〈誰でも〉にするんだ」

水野が気を失っている以上、フレンド登録はできない。フレンドリストに追加するには相手の承認が必要だから。

「いくよ、大地君」

千草が土地の入場制限を変更したことで、見えない壁が消えた。水野の体が前方に倒れ込む。

俺は抱きしめるように受け止めて、ゆっくりと地面に寝かせた。

「死んでないよね？」

「確かめてみる」

水野の脈を調べることにした。見様見真似でやったが、どうにか成功。

「脈はあるぞ。生きているようだ」

「よかった。でも、これからどうすればいいのかな？」

「拠点の入場制限を変更するのはリスクが高すぎる。ここで様子を見るしかないだろう。とりあえず波留達を呼んできてくれ。それから布団も頼む」

「分かった！」

千草が洞窟の中へ駆け込んで行く。

俺は神経を集中させて警戒する――が、幸いにも角ウサギしか現れなかった。


俺達は水野を囲むように座った。医療の心得がないため、できることはそれほど多くない。顔の汚れを拭くとか、足首の切り傷に絆創膏を貼る程度。

「こ、ここは……」

水野は布団に寝かせてから二〇分ほどで目を覚ました。思ったよりも早い。

「俺達の拠点の前だ」

「えっと、あなたは」パンパンの腫れ上がった顔で俺を見る水野。

「藤堂大地だ。この拠点の所有者だ」

「あなたが藤堂先輩っすか！　なんだかイメージとは……」

「お前と違っていかにもな陽キャじゃなくて悪かったな」

「大地は見るからに陰キャだからなぁ！」

波留の言葉に、女子達が声を上げて笑う。俺は苦笑い。

「此処（ここ）へ来たのは偶然じゃないだろ。お前のハンモックから此処へ来る道中には谷のグループが集落を構えていたはずだ。単に人を求めるならそこへ行けば済む」

「はい、そうっす。実は……」

水野に掌（てのひら）を向けて、彼の言葉を遮る。

「詳しい話は中で聞こう。フレンド登録をするぞ」

水野をフレンドリストに追加し、拠点の中に招き入れる。

土地の入場制限は「誰でも」から「フレンドのみ」に戻しておいた。


水野は拠点に入った瞬間に興奮した。

「すげぇ！　凄（すご）すぎっす！　すげぇ！」

まだダイニングキッチンしか見ていないのにこの反応だ。個室や風呂、それにトイレもあると知ればどういう反応をするのだろうか。――試してみよう。

「奥には個室があって、風呂とトイレもあるぜ」

「なんすかそれぇえええええええ！」

驚きのあまりブリッジする水野。お笑い芸人より大袈裟なリアクションだ。見た目は良い奴感満載の陽キャだが、性格はまごうことなき変人である。

「とりあえずそこに掛けて話を聞かせてくれよ」

ダイニングに案内する。適当な席に座らせ、俺はその正面に座った。空いている席に波留達も座る。

千草が全員の前に冷たいお茶の入ったコップを置く。

水野はお礼の言葉を述べると、お茶を飲んでから話し始めた。

「此処に来たのは、藤堂先輩が堂島先輩を追放したからっす」

「堂島って……ああ、萌花のことか」

「そうっす！」

水野が再びお茶を飲む。二口目で飲み干した。よほど喉が渇いていたようだ。

「だから、先輩達は自分と同じ価値観だと思ったっす！」

「話が見えてこないな。萌花と何かあったのか？」

水野の顔が険しくなる。

「この顔、堂島先輩の仲間達にやられたっす」

「ちょい、それマジ？」波留が食いつく。

「マジっす。自分の所に堂島先輩がやってきて、ハンモックに住まわせてほしいって言うから承諾したっす。ハンモックの設置は楽なんでいいかなって」

「ふむ」

「すると堂島先輩が『友達も呼んでいいか』と言ってきたっす。承諾したんすけど、それが間違いだったっす。皆でツリーハウスを作ったんすけど、それが完成した途端に……」

「強引に奪われて追い出されたのか」

「そうっす。お金がないってことだったから、材料費とか殆ど自分が出したっす。みんなで楽しく過ごせればと思ったのに。なのに、なのに……」

水野の目から涙がこぼれる。悔しそうだ。

「ボコボコにされたのは抵抗したからか」

「はい……」

事情はよく分かった。

萌花の性格や、彼女の連む人間を考えるとあり得る話だ。法の縛りが存在しないこの島なら尚更だろう。何をしてもお咎めがないのでやりたい放題だ。

「それが今朝のことで、ここまでずっと歩いてきたっす。この傷だと木に登って果物を採るのも難しくて、ここへ到着した頃にはフラフラになっていたっす」

水野は椅子から立ち上がると、その場で土下座を始めた。

「藤堂先輩、お願いします！　自分をこのチームに加えてください！　使えないと判断した場合は追放してくれてかまわないのでお願いします！」

「俺はいいと思うけど、皆はどう思う？」

女子達が口々に「問題ない」という旨の言葉を口にする。決まりだ。

俺は水野を立ち上がらせ、握手を交わした。

「自分、二年の水野泳吉(えいきち)っす！　改めてよろしくお願いします！」

「言っておくが、ウチに入る以上は協力してもらうぜ。木の上にハンモックやツリーハウスをこしらえるのは、作業の後の自由時間になってからだぞ」

「もちろんっす！」

水野は右手を突き上げ、その場でグルグル回り出す。まるで理解できない動きだが、喜んでいることだけはよく分かった。

こうして、ハンモックの水野が仲間になった。

六日目

027 水野泳吉①

翌朝、食事を済ませた俺達は、漁をするべく川へ赴いた。昨日と同じだ。

同じといえば、昨日の死亡者の数も二人だった。

「漁とかパネェっす！　藤堂先輩マジで天才っす！」

「俺達はどうやったら安定して稼げるかを重視しているからな」

漁をしながら雑談を楽しむ俺達。

「凄いっす！　自分とは大違いっす！」

「お前はこの世界に適応しすぎだ」

水野の所持金は底を突いていた。これは生活スタイルが関係している。基本的に樹上で生活していたため、収入源が果物の採取報酬しかなかったのだ。そして、採取で得た微々たるお金はツリーハウスの建造に回していた。

「でも、自分に漁のことを教えて良かったんすか？」

「というと？」

「堂島先輩の手先かもしれないいっすよ、自分！」

「その可能性はあるかもしれないが、それならそれで問題ないさ」

「マジっすか!?」

「たしかに俺達は漁のことを伏せているが、だからといっていつまでも独占的に漁ができるとは思っていない。なので気にしないいさ」

「器が大きすぎっすよ、藤堂先輩」

「それに、もしもお前がスパイだったら、その時は追放すればいいだけだ」

「仮にスパイでもこれだけ優秀なら歓迎だね」と由衣。

萌花とは違い、水野は実に献身的だ。朝は誰よりも早く起きて、拠点内をくまなく掃除していた。「プライベートに使え」と俺があげたお金で掃除用具を買ったのだ。さらに全員分の朝食まで作ろうとしていた——が、これは千草に止められた。

「でも、私の聖域に入っちゃダメだよ」

「今朝は出しゃばってしまい申し訳ございません峰岸先輩！」

千草は「ううん」と首を横に振ると、水野に向かって微笑(ほほえ)む。

今日の漁も順調そのものだ。

昼以降の活動も昨日と変わらない。一時間ほど漁をした後、自由時間となった。

千草と歩美が拠点に戻り、波留と由衣は川に残っている。

俺は水野と海に向かっていた。海を見たいと言うので案内している最中だ。

「藤堂先輩って、どうして道に迷わないいんすか？」

森の中を歩いていると、水野が尋ねてきた。

「だって通ったことのある道だからな」

「いや、そうじゃなくて、どうしてそれが分かるんすか？　何か目印とかあるんすか？　自分、此処がどこなのかさっぱりっすよ！」

「木の形とか、生えている果物とか、そういうのが目印かな。深く考えたことはなかった」

「やっぱり先輩はすげぇっす。普通はスマホがないと無理っすよ。拠点から川までならまだしも、海へ行くなら絶対に迷うっす」

「方向感覚が優れているのかもな。自覚はないが」

こんな話をしていたからか、皆の場所が気になってきた。俺はスマホを取り出し、とあるアプリを起動する。

「まさか出会い系が役に立つとはな」

「マッチングアプリっすよ！　出会い系じゃなくて」

「どう違うの？」

「分からないっす！」

俺が開いたのは、〈ご近所さん〉というマッチングアプリだ。近くにいるユーザーをマップ上に表示し、出会うことができるというもの。俺達はこのアプリを使って、全員の場所を把握していた。

このアプリには、他にも良い点がある。

マップに落書きできることだ。それを使って、俺達は手描きの地図を作っていた。といっても、今は拠点と川の場所を丸で囲んだだけ。

「どうせだから海の場所も囲っておくか」

「そうっすね！」

進路方向の先に大きな丸を描く。その中にひらがなで「うみ」と書いておいた。

「それにしても、どうしてこんなアプリを知っていたんだ？」

マッチングアプリは朝食時に水野が教えてくれたものだ。

「実は自分、彼女ができたことないんすよ」

「それは意外だな。実は俺もそうなんだ」

「ですよね」

「おい、そこは嘘でも意外って言えよ」

「ごめんなさいっす！」音速で土下座を繰り出す水野。

「土下座はいいから話を進めろ」

俺は呆れ笑いを浮かべて水野を立たせた。

「それで、マッチングアプリならどうにか……と思って」

「だからってこんなマイナーなアプリを使うか？　マッチングアプリのＣＭは観たことあるけれど、ベアーズとかバカップルとか、そんな名前のやつばっかりだぞ」

「そういうのは月額料金がかかるので辛いっす」

「このアプリは無料な上に会員登録も必要なかったな」

「まさに神アプリっす！」

男同士ならではの話をしていると、海が見えてきた。

「海だ！　本当に海があったんすね！」

水野はこの島で目覚めて以降、海を見たことがなかった。そういえば、波留達も海に来たことがないはずだ。今度、作業が終わったら連れてきてやろう。

「海に来てどうするんだ？」

「もちろん泳ぐっす！　ついでに魚も獲るっすよ！」

そう言うと、水野はダイビング道具を召喚した。先ほど稼いだ金で購入したようだ。

「本格的だな。高かったんじゃないか？」

「問題ないっす！」

「皆で使う為にいくらかは残してあるだろうな？」

「もちろんっすよ！」

水野はウェットスーツに着替え、慣れた手つきでシュノーケル等を装備する。

「ダイビングの経験があるのか？」

「少しだけっす！　実は水野泳太郎の弟なんすよ、自分！」

「マジかよ」

水野泳太郎は俺でも知っているトライアスロンの日本代表選手だ。過去に半年ほど行方不明になったことがあり、ネットでは神隠しと騒がれていた。

「お兄さんのことは……残念だったな」

泳太郎は訓練中の事故で死んだ。ニュースで大きく取り上げられていたのを覚えている。たしか去年のことだ。

「大丈夫っす！　兄には劣るけど、自分だって海は得意フィールドっす。まぁ見ていてくださいよ、先輩！」

そう言うと、水野は右手に銛を持ち、海に向かって歩きだす。

地上でパタパタ動くフィンを見ていると、ペンギンを思い出した。

028　自分、この食事が終わったら

水野が頼もしかったのは、フル装備で海に入るまでだった。海に入ってからは、まともに魚が獲れず苦戦している。見かねて俺も海へ入ることにした。

俺の装備はウェットスーツとフィンのみ。酸素ボンベやら何やらは必要ない。というか、買ったところで使いこなせる気がしなかった。

「先輩、もしかして素潜りの達人すか!?」

「お前が下手なだけだろ！」

俺はあっさり魚を獲った。銛を伸ばして、適当な魚を突き刺す。魚は突き刺さった状態でもがくものの、すぐに消えて金になった。

「思うにフル装備なのがいけないんだ」

水野は決して下手というわけではない。水泳技術だけなら俺よりも遥かに上だ。

「それにしても先輩は上手すぎっす！　どうしてそんなに上手いんすか？」

「漁を始める前は槍で川の魚を突いていたからな」

「それは流石に冗談っすよね!?」

「大マジだよ。波留と対決していたんだ」

「銛じゃなくて槍ですか!?」

「波留は釣り竿だったけど、俺は歩美に作ってもらった槍だ」

「うひゃー、そりゃ先輩はガンガン魚を突けるわけっすよ！」

そんな調子でしばらくの間は海を楽しんだ。最終的に獲得した魚の数は、二人合わせて二三匹だった。内訳は俺が二〇匹で水野が三匹だ。

「そろそろ帰ろう」

「まだ明るいっすよ？」

「日が暮れる前に帰るのが俺達の決まりなんだ」

ダイビング装備を販売タブに登録する。

「水野が海に行きたいと言ってくれて助かったよ」

帰り道、俺はスマホを確認しながら言った。

「どうしてっすか？」

「海の魚が高額だと分かったからな」

「あっ、ほんとっすね！　なんすかこの金額！」

海で獲った魚の平均報酬は約８０００ポイントだった。川魚の倍以上だ。

「見てください先輩、自分が倒したサメの価格！」

水野がスマホを見せてくる。

「こいつはすげぇな」

水野は小さなサメを倒していた。サメの映画では絶対に出てこないような可愛いやつだ。そんなサメが、たった一匹で２００００ポイントを超えていた。

「ところで、顔は大丈夫か？」

水野の顔は、昨日に比べると腫れがひいてきていた。とはいえ、いまだに直視し辛い程の痛々しさがある。

「大丈夫っすよ！　それに、ちょうど試したいことがあったんす！」

「試したいこと？」

水野がどこにでもありそうな軟膏を召喚した。銘柄などの情報が記載されていない。どうやら〈ガラパゴ〉のオリジナル商品みたいだ。

「最高級の塗り薬っす！　こういう傷を瞬く間に治すみたいっすよ！」

「流石に誇張表現だろ」

「それを試すっす！」

水野は軟膏を惜しみなく顔面に塗りたくる。明らかに塗りすぎだ。

「どうっすか⁉　治ったたっすか⁉」

「そうすぐには……って、おいおい！　嘘っ⁉　マジかよ！」

「どうしたっすか⁉」

「マジで治っていっているぞ！」

「ママママのマジっすか⁉」

「嘘に決まってんだろ」

「先輩ぃいいいいい！」

最高級の塗り薬でも瞬間回復とはいかないようだ。


拠点に戻るとトイレを増設した。水野が。

「お前、自分のことにはお金を使わないのか？」

「使ったじゃないっすか！　塗り薬！　それにダイビングの道具だって！」

「いや、そうだけど、自室にテレビを置くとかしないのか？　あとで波留に部屋を見せてもらってみろ。テレビにゲーム、なんでもござれだぞ」

「いやあ、問題ないっすよ！　自分は此処の環境が良くなると幸せなんす！」

水野は心配になるほど献身的な男だ。トイレの増設だけではない。先ほどは千草に調理器具を購入していた。歩美の作業場にだっていくらか寄付している。

一方で、自身の部屋にはまるでお金をかけていない。俺が設置してやったベッドだけで十分と言い張っていた。

千草ですら今は最低限の家具を設置している。もはやミニマリストのような部屋なのは水野だけだ。

「それに……」

「それに？」

「いや、なんでもないっす！」

「気になるじゃないか。教えろよ」

「明日にでも言うっす！　それでは先輩、また後で！」

水野が自分の部屋に消えていく。

俺はダイニングに向かった。

「あ、大地君、ちょうどいいところに！」

キッチンで千草が調理に励んでいた。今日も品数が多い。大半が完成していた。

「なんだ？　味見か？」

「違う違う、皆を呼んでもらえる？　今、手が離せなくて」

「オーケー」

俺は仲間専用のグループチャットで招集をかけた。

七日目が始まった。この島で目が覚めて早一週間になる。

昨日は三人が命を落とし、四三五人が生き残ったようだ。

この一週間における死亡者数の合計は一一八人。五分の一が死んだことになる。

かなり衝撃的な数ではあるけれど、特になにも思わなかった。死亡者の中に親しい人間がいないからだ。どこか他人事のような気がしていた。

「千草ー！　夜はまた勝負だからなぁ！」

波留がダイニングテーブルから千草に向かって吠えた。

千草はキッチンで朝食を作りながら応える。

「えー、私、勉強したいんだけど」

「負けたまま終われっかよ！」

「だって波留、ゲーム下手だもん」

二人は昨夜、ゲームで対戦していたようだ。波留の部屋にあるポンテンドースイッチを使ったのだろう。で、千草がボロ勝ちした模様。

「ねぇ由衣、今日は英語を教えてもらっていい？」

「いいね。私も英語をしようと思っていたの」

波留の隣で歩美と由衣が話している。

「私も交ぜてー」

「駄目ェ！　千草は私と勝負するんだから！」

向かいに座っている波留を、俺は呆れた目で眺める。

すると、隣に座っている水野がスマホを見せながら話しかけてきた。

「先輩、コレ、どう思うっす？」

画面には全学年が参加するグループチャットが表示されていた。

「思ったより遅かったな、というのが感想だな」

「この展開、読んでいたんすか⁉」

「まぁな」

「流石っす！　凄すぎっすよ！」

「それよりお前の顔の方が凄いよ。完全に回復してるじゃねぇか。やっぱ最高級の塗り薬は伊達じゃないな」

グループチャットでは、谷のグループが解散したことについて書かれていた。案の定、派手に揉めていたようだ。誹謗中傷が飛び交っていて見苦しい。

「谷の人達、何人かこっちに来るんじゃないっすか」

「来たところで受け入れないけどな」

「どうしてっすか？」

「ウチは基本的にメンバーを募集していない」

「でも自分は入れてくれたじゃないっすか」

「例外ってやつだ」

話していると、千草が料理の完成を告げた。

俺達は会話を切り上げ、キッチンに向かう。皿を運ぶのは千草を除く五人。

食卓の上が賑（にぎ）やかになると朝食の始まりだ。

「いただきます！」

夕食は和洋中と色々だが、朝は決まって和食だ。俺は目玉焼きに箸を伸ばす。

「あの、一ついいっすか？」

「醤油（しょうゆ）がほしいのか？　ほれ」

波留が醤油差しを取る。

水野は「違うっす」と首を横に振った。

「皆に聞いてほしいことがあるっす」

水野の表情は真剣だ。それを見て、俺達の表情も引き締まる。

「自分、この食事が終わったらここを抜けようと思うっす」

029 水野の決意

衝撃的な発言だった。

「ここを抜けるって、洞窟を出て行くのか？」

「そうっす。良くしてもらってたのに、申し訳ないっす」

「どうして抜けるの？　何か嫌なことがあった？」千草が心配そうに尋ねる。

「もしやあの媚び媚び女のスパイだったのか⁉」

「流石にそれは考えられないでしょ」と歩美が否定する。

「それで、実際のところはどうしてなの？」由衣が話を進めた。俺も同感だ。

「恩返しっす。皆さんはいきなりやってきた自分を快く受け入れてくれたっす。しかも、仲間として大事にしてくれたっす。自分、今まで彼女はおろか友達すらいなかったので、本当に嬉しかったっす」

嫌になって抜けるわけではないようだ。ただ、恩返しで脱退する意味が分からない。

「どうにかしてお礼をしたいと考えたっす。そのためになにが一番かを考えた結果、救援を呼びに行くのが一番だと思ったっす。だから、此処を発って小笠原諸島に行こうと思うっす」

「小笠原諸島って……三〇〇キロメートル以上も先だぞ。行けるわけないだろ」

「自分なら行けるっす」

水野の目には自信の炎が灯っていた。

「どうやって行くんだ？」

「こいつを使うっす」

水野が取り出したのはスマホだ。

「小さな舟を買って、何日もかけて目指すっす。大きな船やエンジンの付いた物は高いですけど、手漕ぎの小舟なら数万で買えるっす。食糧も〈ガラパゴ〉があれば困らないっす」

ちゃんと考えている。突発的な閃きで脱退を口にしたわけではないようだ。

「問題はまだあるぞ。天候が悪くなったらどうする？　大雨や強風に見舞われたら？」

「その場合は泳ぐっす！　自分、泳ぐのは得意なんで！　ウェットスーツがあれば問題ないっす！　三分の二を舟で進むことができれば、残りは泳ぎ切る自信があるっす！」

「三分の一って約一〇〇キロメートルだぞ。それだけの距離を泳げるのか？　走るのですら大変な距離なのに」

「実際に一〇〇キロメートルを泳いだ経験があるっす。それも複数回っす！」

「マジかよ」

「一〇〇キロメートルなら二四時間程で泳げるっす。なので無謀とは思わないっす」

水野の口調は強い。考えを変えるつもりは毛頭ない、と顔に書いてある。

「だが、なんで今日なんだ？　もう少ししたら救援が来るかもしれないぞ」

「救援なんてありえないって先輩も分かってるすよね」

あっさり看破された。

「ここから生還するには、全員で脱出するか誰かが救援を呼ぶ必要があるっす。全員で脱出する場合、大きな船が必要になるっす。でも、そんな船は高すぎて買えないっす。仮に買えたとしても、今度は操船技術やらで苦労するっす。リスクが高すぎっす。

でも、誰かが救援を呼びに行くのであれば、そこまで大がかりな準備をする必要はないっす。幸いにも自分は泳ぎが得意だし、なにより〈ガラパゴ〉があれば物資を補充し放題っす」

水野の力説はもっともだ。しかし、彼の言い分には抜けている点がある。

「もし途中で〈ガラパゴ〉が使えなくなったらどうする？」

「えっ？」

「〈ガラパゴ〉の機能は明らかに異質で、常軌を逸している。その機能が使えるのはこの島の周辺だけかもしれない。島から離れすぎると〈ガラパゴ〉が使えなくなる、という可能性は大いに考えられる」

徘徊者を討伐した夜に脱出を検討した際、脳裏によぎった疑問だ。現状を維持できるのであれば、移動手段である船舶の入手はそう難しくない。水野の言う通り高額だが、全力で貯金に徹すれば買える額である。

問題は船舶や操船技術よりも、〈ガラパゴ〉が使えるという前提の崩壊。ただ、これについては、それなりのアイデアを持っていた。

「それは……考えてなかったっす」

水野の顔から自信の色が消える。

「その時は外部との交信を心がけろ」

全員が「えっ」と驚く。

「大地君、外部とは連絡できないんじゃ」

「今はできない。だが、〈ガラパゴ〉が使えない状況になったら、外部と連絡できる可能性がある。今の異常事態から通常の状態に戻ったと考えられるから。もしもそうであれば、電話で救援要請をすればいい」

「なるほどっす！　やっぱり先輩は凄いっす。でも、そんなことを自分に教えていいんすか？先輩は自分を止めようとしていたのでは？」

「お前の顔を見れば止めても無駄だと分かる」

「先輩……！」

水野の目に涙が浮かぶ。

「それより、決して無理はするなよ。危険だと判断したら引き返せ。体調が悪くなってもだ。一度で成功させる必要はない。俺達からすると、仲間として一緒に活動してくれるだけで十分なんだ。それで恩返しになっている」

女子達が強く同意した。

「ありがとうっす。絶対に成功させてみせるっす！」

頼もしい言葉だ。だが、俺は不安で仕方なかった。とはいえ、俺に水野の行動を制限する権利はない。とにかく無事であるように、と祈るだけであった。

朝食後、俺達は海に移動した。

海に着くと、食費の50万を除く全額を水野に渡す。

「何から何までご迷惑をおかけしてすみませんっす」

「気にするな。金欠になられて困るのは俺達も同じだ」

水野が小舟を召喚する。

「それでは着替えるので、女性陣は後ろに向いてくださいっす！」

女子達が身体の向きを反転させると、水野は着替えを召喚して服を脱いだ。

「先輩、本当にありがとうございました！　このご恩、絶対に忘れないっす！」

「お、おい、そういうのはウェットスーツを着てからにしてくれ」

全裸の水野に抱きつかれる。気持ちは嬉しいが、苦笑いがこぼれてしまう。

「なにやってんだかぁ！」

波留が後ろを向いたまま茶化してきた。

「準備できたっす！」

水野が着替え終える。お高いダイビング道具のフルセットだ。腰に装着したウェストベルトからはチェーンが伸びていて、スマホカバーと繋がっている。有事の際にスマホを落とす心配もない。

「それでは皆さん、お世話になったっす！」

「お前は舟に乗っていろ。俺達が海まで押してやる」

「いいんすか!?」

「当たり前だ」

神輿(みこし)を担ぐかのように、水野ごと舟を持ち上げる俺達。そのままゆっくり海に入り、ある程度の深さに到達したところで舟を下ろした。

「無茶だけはするなよ」

「大丈夫っす！　行ってくるっす！　あとで通話しましょうっす！」

水野は最高の笑顔を俺達に向けた後、オールを漕ぎ始めた。

030 こいつらほんとゴミだなぁ！

水野が旅立った。だからといって、彼と話せなくなるわけではない。

俺達(たち)はライソのグループ通話機能を使って会話をしていた。

『こちら水野、ただいま異状なしっす！』

「いつでも戻ってきていいからなぁ！」と波留。

俺達は漁をしていた。水野にお金を集約させたため、しっかり稼いでおきたい。

『あとで海中の写真とか送るっす！　ではまたっす！』

水野が通話を終了する。前代未聞の挑戦をしているとは思えない陽気さだ。強がっているだけなのか、それとも心から楽しんでいるのか。どちらかは分からないが、彼の元気な声は俺達を安心させた。

「水野の奴、本当に大丈夫なのかぁ？」

大量の魚がかかった網を陸に揚げる時、波留が心配そうに言った。

水野によると天候は良好とのことだが、それがいつまで続くかは分からない。

「正直なんとも言えないが、不安な気持ちになっていても仕方ない。それに、上手くいけば半分も進まないで発見される可能性だってある」

「えっ⁉　マジ⁉」

「実はこの島と小笠原諸島の間、此処から二〇〇キロメートルほど進んだところに西之島という無人の火山島が存在している。この島は頻繁に観測されているから、水野がその島の近くを通過すれば、もしかすると気付かれる可能性がある」

「うおおおお！　なら小笠原諸島まで行く必要ないじゃん！」

「いや、そう楽観視はできない。正直、水野が発見される可能性なんて皆無に近い。観測しているといっても、連日島の周辺をウロウロしているわけじゃないからな」

「なーんだ、じゃあ微妙じゃん！」

「だからなんとも言えないんだ。それに海の天候はよく変わるって言うし」

何度目かの漁が終了する。今日も安定して稼げそうだ。

作業を終えて休憩していると、俺達専用のグループチャットに反応があった。水野が写真をアップしたのだ。

「波留の心配とは裏腹に、水野はすこぶる楽しそうだぞ」

綺麗な海中の写真が立て続けに貼られていく。自撮り棒か何かで海の中を撮影しているようだ。写真の後には動画もアップされた。

「海も悪くないなぁ！　いつか皆で海に行って遊ぼうよ！」

水野のアップした動画を観て、波留は声を弾ませた。


漁を終えて全員で拠点に戻る道中、遠目に拠点が見えてきたところで足を止めた。拠点の傍に知らないグループがいたからだ。

男三人と女二人からなる五人組で、顔に見覚えがないから一年か二年だろう。例外なくやつれており、制服も汚れが目立っている。

幸いにも向こうはこちらに気付いていなかった。

「どうするの？」と由衣。

「話しかけるしかないだろう。だが、その前に……」

漁で使う網を付近の茂みに隠して〈ガラパゴ〉を起動。土地の購入で、足下までの五ブロックを領土にして安全を確保。茂みに隠した網も領土の上にあるからバレようがない。

「流石ね、ぬかりない」

「なにが起きるか分からないからな」

俺達は購入した土地の上を歩いて連中に近づく。相手は拠点の中を見るのに夢中だったが、一ブロック先まで迫るとこちらに気づいた。

「俺達の拠点に何か用かな？」

近づいて分かったが、連中は非常に臭かった。この島に来てからずっと同じ服を着ているのだろう。それに体も洗っていないに違いない。

リーダーと思しきヒョロガリで背の高い男が口を開く。

「僕達は谷で活動していたのですが、解散して、それで、よかったらここで一緒に」

「断る」

即答で断ると、相手は「えっ」と驚いた。

「悪いがウチはこれ以上の人手を求めていないんだ」

「そこをどうにかお願いします。なんだってしますから。もう木の上なんて嫌なんです。本当にお願いします」

男が土下座する。他の四人もそれに続いて土下座した。

「おいおい、土下座とかやめろし」

波留が困惑している。千草も同じような反応。

一方、由衣と歩美は無表情のままだ。当然ながら俺の表情にも変化はない。

「悪いがお断りだ。木の上で過ごすのが嫌ならボスを倒して拠点を獲得するといい。〈ガラパゴ〉でユーザーが販売している武器を買い、それでボスを倒すことだな」

「どうしても駄目でしょうか？」

「駄目だ」

「……分かりました。それじゃ」

連中は大して食い下がらなかった。取り付く島がないと判断したのだろう。

「ひやっとしたぁ！」と、波留が安堵の息をこぼす。

「大地君は強いね。私、土下座されたら気持ちが揺らぐよ」

「五人もいたからな」

「一人二人なら様子見で入れてもってなるんだけどね」と由衣。

「今後はああいう人達がたくさん来そうだね」

げんなりした様子で歩美が言った。

俺達の居場所は知られている。かつて萌花がグループチャットで喚いていたからだ。

谷に参加していないグループの中で、居場所が明確なのは俺達くらいなもの。よって、谷のグループに所属していた連中が此処を訪れる可能性は高い。

「予め宣言しておくか」

グループチャットで、受け入れ拒否の意思を表明した。

それに対する反応は予想通りの炎上だ。協調性がないだの、冷酷だの、ケチだの、叩かれまくりだ。普段は俺のことを「情報通の良い人」として崇めているのに、それが一転してこのような手のひら返しだ。

「こいつらほんとゴミだなぁ！」と、スマホに向かって毒づく波留。

「かまわないさ。どうせ明日になったら忘れている。俺も、こいつらも」

「だからって許すのかよ！　大地は心が広いな！」

「ただ無関心なだけさ」

０３１　安心して、現実だから！　これは現実！

俺は波留の部屋に来ていた。千草の代役として強引に呼ばれたわけだ。

俺の部屋とは違って、彼女の部屋には絨毯が敷いてあり、壁紙も貼ってある。窓がないことを除けば立派な部屋だ。

「大地よえー！　見た目はゲームとか得意そうなのによぉ！」

「陰キャが必ずしもゲームの達人だと思ったら大間違いってことだ」

「偉そうなこと言ってるけど、あんた私にボロ負けしたんだからね！」

「うるせぇ、俺はブレステ派なんだよ」

俺と波留はポンテンドースリッチのゲームで対決していた。

領土を奪い合うゲームだ。フィールド上に自分の色を塗っていき、塗った面積が多い方の勝ち。どうやら俺はセンスがないようで、何度やっても勝てなかった。

「大地じゃ弱くてオンラインのパートナーにできねぇなぁ！」

「そういえば、このゲームはオンラインプレイに対応しているんだろ？　ならネットの奴等と遊べばいいだろ」

「そうだけどさぁ、ボイチャ使えないんだもん」

ボイチャとはボイスチャット――つまり通話のことだ。この島からでもオンラインで他人と遊べるが、チャット関連はエラーが起きて使えない。

「このゲームのオンラインモードはチーム戦なわけ。仲間とボイチャでワーワー言いながら協力するのがウリなんよ。それができないんじゃつまらん！」

「波留は結構なゲーマーなんだな」

「スリッチだけしかしないけどね」

波留が自分のコントローラーを床に置く。

「大地、一人用でやってみ」

「えー、まだやるのかよ」

「いいじゃん。私が教えてやるよ」

「別に教えてくれなくてもいいんだが」

「ブツブツ言わずにさっさとしろ！」

俺はため息をつきながらＣＰＵ相手の一人プレイを選択。

「始まったら右の道をローラーで突っ走れよ！」

「右の道だな？　オーケー」

カウントダウンが終わり戦闘が始まった。俺が使うキャラの前に三つの道が伸びている。波留の言った通り右の道に進んだ。

「ところでローラーってなんだ？」

「このボタンだよ」

波留がコントローラーの右上にあるボタンを指す。すると、俺のキャラが巨大なローラーを取り出した。ローラーをもった状態で進むだけで、地面が俺の色に染まっていく。今まで刷毛（はけ）を使ってチビチビと壁を塗っていたのが馬鹿みたいだ。

「すげぇ、ローラーやばいな」

「序盤はローラーに決まってるっしょ！　もしかして大地、知らなかったの？」

「教わってなかったからな。しかし、それも過去の話。ローラーを知った俺は最強だぞ」

俺はガンガン塗っていく。だがウキウキで塗っていると敵が邪魔をしてきた。俺を攻撃してノックアウトしたのだ。これによって、俺はしばらく動けなくなる。

「おい、こいつ、卑怯（ひきょう）だぞ」

「卑怯じゃないし、そういうゲームだし」

波留が声を上げて笑っている。

「この野郎ォ……」

波留ならまだしもＣＰＵには負けられない。それもファーストステージの雑魚だ。

「やられたらやり返す！」

俺は敵をノックアウトしようと試みる。だが、俺の攻撃はことごとく外れた。その間にも形勢は敵に傾いていく。戦闘終了時間まで残りわずか。もはや敗色濃厚だ。

その時、波留が吠えた。

「あーもう、見てらんない！　こうやるんだよ！」

波留は俺の背後から両腕を伸ばしてきた。俺の手を覆うようにしてコントローラーを操作する。傍からは抱きついているようにしか見えない。

「分かる？　こうするの。こうだよ、こう！」

波留が俺に代わって戦っている。もはや俺の腕は床に垂れていた。

「うりゃあ！　こいつ、波留様をなめんじゃねぇ！」

俺はゲームの画面を観ているが、内容は頭に入らない。耳にかかる彼女の息が気になって仕方なかった。それに甘い香りもする。

「あと少し！　このままいけば勝てる！」

形勢が徐々に変わっていく。ＣＰＵとの差が縮まり、そして、逆転した。そのまま差を広げようかというところでタイムアップ。俺達の勝利だ。

「ふぅ」

波留が安堵の息をこぼす。その息が俺の耳の穴に入ってきた。

（やべぇよ、これ、やべぇよ）

俺は今すぐに部屋へ戻りたかった。部屋で動画を観て賢者になりたい。そうしないと頭が爆発する気がした。

「どうよ大地、私の腕前は？」

波留が自信に満ちた口調で尋ねてくる。顔は見えないが、きっとドヤ顔だ。

「いやぁ……」

「なんだ？　上手すぎて惚れたかぁ？」

「なんていうか、夢のようだよ」

波留がゲラゲラと笑う。

「なんだその感想！　夢に思えるくらい上手いってどんだけだし！　でも安心して、現実だから！　これは現実！　私の圧倒的プレイヤースキルは現実なのだ！」

「そうじゃなくて、今の状態がだよ」

「へっ？　どゆこと？」

「なんかカップルみたいだなぁって」

「あっ……」

波留は現在の体勢に気付いたようだ。一転して銅像のように固まってしまう。よく見ると、彼女の腕が赤く染まり始めていた。手首まで赤くなったところで、波留が動く。

「ばっ、ばっかじゃないの！　違うし！　そんなんじゃないし！」

波留は乱雑にコントローラーを置くと、慌てて隣に移動する。顔は真っ赤に染まり、頭からは湯気がのぼっていた。

「別に本当のカップルだと思ってるわけじゃなくてだな」

「ち、違うし！　違うもん！」

話が通じない。

「そんな顔を真っ赤にしなくても」

「出てけーっ！」

部屋から叩き出されてしまった。

「……すげぇ恥ずかしがりようだったな」

波留が恥ずかしがり屋なのは知っているが、想像以上に激しい反応だった。

(まぁいいや、俺も気持ちを落ち着かせないと)

俺は自分の部屋に入り、扉の鍵を閉めた。ベッドの上に横たわると、ベッドサイドのテーブルからイヤホンを取る。それをスマホに装着してから、手の届く距離にティッシュがあることを確認。

全ての準備が整うと動画サイトを開いた。

032　ランウェイ

賢者になった俺は、トイレ掃除をしていた。

「よし、ピカピカだ」

二つのトイレを綺麗にしたので、今度は浴槽を掃除しよう。そう思い浴室へ向かっていたところ歩美と鉢合わせた。彼女は個室へ向かう最中だったみたいだ。

「大地、なにしているの？」

「トイレ掃除さ。今から風呂も掃除しようかと」

「今日の当番って私でしょ？」

「そうだけど、暇だったからね。もしかして掃除したかった？」

歩美は「ううん」と首を横に振る。

「ごめんね、代わりにやってもらって。浴室は私がやるよ」

「いや、かまわないさ。俺がやっておくよ」

「いいの？」

「もちろん。その代わり、お礼にクールなアクセサリーを期待しておくよ」

「あはは。任せておいて。さっき作り方を調べて試作も済ませたから。明日か明後日にはいい感じのを作るね。指輪かネックレスにしようと思うけど、どっちがいいかな？」

「首輪のほうがいいな」

「首輪って」

歩美が声に出して笑う。

「じゃあネックレスね。指輪は嫌いなの？」

「好きでも嫌いでもない。そもそもアクセサリーを身に着けた経験がないからな。ただ、指輪は作業をする時に違和感を抱きそうな気がして」

「そっか。シルバーで作る予定だから濡れるのは良くないし、ネックレスにするね」

「了解。それじゃ、俺は風呂掃除をしてくるよ」

浴室や脱衣所の掃除が完了した。雑務はこれで終了だ。

（結局、良さそうなネタは閃かなかったな）

作業中はずっと、漁と同じくらい稼げる方法は何かないか、と考えていた。いつまでも漁を継続できるとは限らない為、第二・第三の金策を確立しておきたい。

（絶滅がどうとか生ぬるいことを考えず、今の間に乱獲しておくべきかもなぁ）

色々と思考を巡らせる。島で生活するまで、これほど考えることはなかった。

「あ、大地」

自室へ戻ろうとした時、声を掛けられた。

振り返ると、そこには歩美の姿。またしても、彼女は個室に向かう最中だった。

「掃除お疲れ様、ありがとうね」

「かまわないさ。それより、歩美はなにをしていたんだ？」

「ランウェイを歩く練習」

歩美が俺の背後を指す。確認すると、スマホをセットした脚立が置いてあった。

「あれで自分の歩く姿を撮影していたの」

「ほう」と言いつつ、俺は必死に考えた。

(ランウェイってなんだ……？)

歩美はモデルとして活動している。なのでランウェイとは——ハッ、分かったぞ！

「あっ、ランウェイって言うのはね」

「ファッションショーで歩く道のことだろ？」

「知ってるんだ!?」

どうやら正解だったようだ。

「一応な」

ドヤ顔で「ふっ」と笑いつつ、心の中で安堵の息を吐いた。

「大地、これから暇？　よかったら付き合ってくれない？」

「俺も一緒に歩けばいいのか？」

「そんなわけないでしょ」

歩美が手で口を押さえながら笑う。

「私の練習に付き合ってってこと。ここをランウェイだと思って歩くから、大地はそれを見て感想を言ってほしい。私のスマホにトップモデルがランウェイを歩く動画が入っているから、それと比較してどうかって」

「なるほど、いいぜ。なら俺のスマホで撮影して、歩美のスマホではトップモデルとやらの動画を流すよ。そうすれば、後で二つの動画を同時に再生できる。並べて比較すればより分かるってものだ」

「それ良いアイデア！」

歩美が手を叩く。それから自分のスマホで動画を開いた。

「これがトップモデルのウォーキング」

「カッコイイな」

それが素直な感想だ。ランウェイを歩くモデルにはオーラが漂っていた。服装は奇抜で理解不能だが、モデルの動きには凛々しさを感じる。

「私もこれに近づこうと思うから」

スマホを俺に渡すと、歩美は入口のほうへ歩いていく。かつて布団地帯があったエリアに着くとこちらに振り返った。

俺は自分のスマホを脚立に置く。カメラアプリを立ち上げ、録画モードにする。歩美のスマホは手で持つ。

「歩美、いつでもいいぞ」

「じゃあ、いくよ」

次の瞬間、歩美の表情が変わった。先程までの柔らかさが消えてプロの顔になる。こちらに迫ってくる彼女を見て息を呑んだ。

（いかんいかん、動画と比較しないと）

慌てて自分の任務を遂行する。歩美の動きとトップモデルの動きを比較した。

(たしかに格が違うな)

歩美とトップモデルの間には差が感じられた。俺ですら分かる程の差だ。しかし、なにが違うのかは分からなかった。上手く表現する方法が思い浮かばない。

歩美はすぐ近くまで来ると動きを止めた。そこでポーズを決め、くるりと反転。堂々とした動きで離れていく。

スタート地点に戻ると、歩美は再び振り返った。先程までのオーラは消えており、いつもの彼女に戻っている。隣まで来ると尋ねてきた。

「私、どうだった?」

「凄かった。でも、なんか、よく分からないけど、トップとの差は感じたな」

「やっぱりー?」

「上手く言えなくてすまないが、なにか差があった。歩美も凄かったし、プロのモデルなんだなって感じたけど、何かが違っていたよ。服装のせいかもしれないけどさ」

トップモデルは謎のファッションで、歩美は見慣れた制服。この違いは大きいはず。

「大地、撮影した動画を確認させて」

言われた通り、撮影した動画を開き、スマホを歩美に渡す。

歩美は左手に自分の、右手に俺のスマホを持って、トップと自分の動きを見比べる。

「あーやっぱり全然ダメだなぁ。こうして見ると酷すぎる」

プロには違いがよく分かるようだ。

「そんなに酷いか？」

「もう最初からダメダメ」

その後も歩美は自分の動きにダメ出しを連発する。酷い叩きようだった。

「この動画、私に送ってくれない？」

「いいよ。個別チャットで送るよ」

動画ファイルを送ろうとする。——その時、俺達は気付いた。

「俺と歩美って、ライソのフレンドじゃなかったんだな」

「そうみたい。〈ガラパゴ〉ではフレンドなのにね」

ライソのフレンドリストに歩美が登録されていなかったのだ。それなのに萌花が登録されているのは、なんだか複雑な気持ちになる。ちょうどいいから萌花をフレンドリストから削除しておいた。ついでにブロックリストへ入れておく。

歩美をフレンドリストに登録すると、先程の動画を送った。

「ありがとー」

歩美は受け取った動画を確認してからスマホを懐に戻す。

「この島に来るまで、私達って友達じゃなかったんだよね」

「そういえばそうだな。話したこともなかったはずだ」

「大地と知り合えたことについては、この島に感謝しないとね」

「それは俺のセリフさ」

歩美だけではない。千草や由衣、波留にしてもそうだ。この島に来るまで、彼女らとの関係はただの顔見知りだった。それが今では、大事な仲間として認識し合っている。

「本当に、この島には感謝の気持ちでいっぱいだ」

033 相変わらず意外性の塊だな

夕食の時間が近づいてきた。

「汗でベトベトだからシャワー浴びてくるね」

歩美が練習を切り上げる。彼女の首筋には大量の汗が流れていた。ワイシャツは湿気っていて、インナーシャツも透けている。そのさらに奥のブラジャーまで見えていた。なかなかにエロい黒のレースだ。

(歩くだけであそこまでエネルギーを消耗するんだな。モデルって凄いぜ)

歩美の後ろ姿を見ながら思った。

「俺は……水野の様子でも調べておくか」

ライソを開き、水野にチャットで話しかける。通話をしても大丈夫か尋ねた。

水野に対しては、通話をかける前に許可を取るようにしている。着信があると画面が切り替わってしまうからだ。もしも切迫した状況だったら邪魔になってしまう。

水野からの返事は即座に届いた。向こうもちょうどかけようと思っていたそうだ。俺は通話ボタンを押し、ダイニングに向かう。

『先輩！　寂しかったっす！』

事前に許可を取っただけあり、水野は一瞬で応答した。俺が「もしもし」と言う前から話しかけてくる。

「問題ないか？」

『大丈夫っす！　順調っすよ！　距離は全然っすけど！』

ダイニングテーブルの席に着く。キッチンで調理中の千草がこちらに気付いた。

「水野君？」

そう言って近づいてきたので、俺は頷いてスマホをテーブルに置く。スピーカーモードをオンにして、千草にも声が聞こえるようにした。

「水野、スピーカーにしたぞ。千草も一緒だ」

『峰岸先輩ぃ！』

「あはは、元気そうでよかったよ、水野君」

『先輩の手料理が恋しいっす！』

「また作ってあげるね」

『その言葉を胸に刻んで頑張るっす！』

「それで水野、本当に問題はないんだな？」

『周りに海しか見えないこと以外は大丈夫っす！』

「ちゃんとメシを食っておけよ」

『それはもう完璧っす！　ただ……』

「ただ？」

『食べた後が問題っす』

「食べた後？　どういうことだ？」

『ウンチをするのにウェットスーツだと辛いっす！』

俺は苦笑いを浮かべた。千草も「やめてよ」と呆れている。

『それより先輩、一つお願いしていいっすか？』

「なんだ？」

『先輩のことだから、自分の部屋はまだそのままっすよね？』

「もちろんだ。もし仲間を増やすとしても、お前の部屋は使わせないよ」

『それでしたら、自分の代わりにトマトの栽培をお願いできないっすか？』

「トマトの栽培？」

『自分の部屋を見てもらえば分かると思うのですが、家庭菜園用のプランターが置いてあるっす。仲間に加えてもらった日に先輩からいただいたお金で買ったやつっす』

「そんなのがあったのか。相変わらず意外性の塊だな、お前は」

『そのプランターにトマトの種を蒔いて育てていたのですが、忘れていたっす！　よかったら代わりに育ててやってほしいっす！』

「それはかまわないが、室内で大丈夫なのか？　日光に当てる必要があるんじゃ？」

『日光に当てるのは発芽してからっす！　発芽するまでは室内でＯＫっす！　詳しい方法はググってくださいっす！』

「分かった。ならプランターは俺の部屋に移しておくぞ」

『了解っす！　じゃ、通話を終えるっす！　他の先輩方にもよろしく伝えておいてくださいっす！　ではまたっす！』

水野はこちらの返事を待たずに通話を切った。

「水野君って本当に変わっているよね。種蒔きから始めるなんて本格的」

「普通は苗からだよな……って、そうじゃねぇよ！　そもそもトマトを育てようとすること自体がおかしいから！」

「あはは、たしかに」

俺は席を立つ。

「忘れる前にプランターを自分の部屋に移してくるよ。それでなんだけど、発芽っていつするか分かる？」

千草は「ううん」と首を横に振った。

「ならググっておくか」

俺はダイニングから離れて水野の部屋に向かう。歩きながらトマトの家庭菜園について調べてみた。
多くのサイトが苗から始まっている。種蒔きから始める本格派は少ないようだ。それでも、いくつかのサイトを見ていて分かった。基本的には数日から一週間で発芽するようだ。遅くとも二週間とのこと。

「もっとかかるかと思っていたが、発芽まではすぐなんだな」

独り言を呟きながら水野の部屋の扉を開ける。

「おいおい、なんだこれは！　なにかの間違いか？」

部屋の中を見て驚愕した。スマホを確認してから再び部屋の中を見る。

「どうなってんだ……」

プランターのトマトは既に発芽していた。
しかも、ただ発芽しているだけではない。実る手前まで生長しているのだ。プランターに刺さっている支柱へ絡まるようにして主枝が伸びている。とても「種を蒔いたばかりです」という風には見えない。
俺は水野にライソで確認した。プランターを撮影し、チャットで事情を尋ねる。
水野の返事は「なんすかこれ!?」だった。予想外だったようだ。

「これもこの島の特性なのだろうか……？」

とにかく俺の手には余る状況だ。
俺は再度の通話を行い、水野に対応を決めてもらう。自分のプランターなら好きにするが、これは水野の物だ。

その結果、プランターは外へ出すことにした。理解不能の事態だが、発芽を終えていることに変わりない。ならば日光に当てて育てるべき、と水野は判断した。

プランターは拠点を出てすぐのところに置いた。我が土地の上だから、何者にも邪魔をされることはない。それから、購入したジョウロで水やりをしておく。

「明日になって実がなっていたら笑うよなぁ」

すこやかに生長しているトマトを見ながら呟く。

「……まさかな」

まだ着果も終えていない。さすがに昨日の今日でそこまでいかないだろう。

――という俺の考えは間違っていた。

「嘘……だろ……」

翌朝には、真っ赤に熟したトマトがなっていたのだ。

八日目

034 プランターなんてチャチな方法はとらねぇ

朝食の前に緊急会議を開いた。議題は二日でできた真っ赤なトマトについて。

全員でプランターを囲む。

「整理してみよう」

このトマト、水野が種を蒔いたのは一昨日の朝だ。水野によると、朝食の前に種や土などを購入したとのこと。そして昨日の朝、朝食前に水野が確認した時はまだ発芽していなかった。ところが、夕方には発芽を終え、実る手前といった状態に。そして今、トマトは完全に熟していた。瑞々しさに満ちた立派な赤い果実が大量にある。

果実の量が明らかに通常のトマトよりも多い。その数は数百個。緑色の部分が見えないレベルまで実っていた。

「どう考えても異常だぞ。全ての作業工程をすっ飛ばしていやがる」

俺のような無知でも、栽培には工程があることを知っている。例えば小さな枝を切って一箇所に栄養を集めるとか。それが栽培の醍醐味のはずだ。

「なんだか手品を見ているみたい」と千草。

「味はどうなんだろ？　食べてみようぜぇ！」

波留は手を伸ばし、枝からトマトを採る。すると、その果実は姿を消した。

そして波留のスマホから、待っていましたとばかりにいつもの「チャリーン」が鳴る。報酬を獲得したのだろう。改めて確認するまでもないが、金額を知る為に確認してもらった。

「このトマト、一個500ポイントだってさ！　あとクエスト報酬！」

波留が皆にスマホを見せる。「作物を収穫する」というクエストが完了していた。

「クエストの対象でもあるし、俺達も収穫していこう。果実の総数を知りたいから、各自でいくつ採ったかカウントしておいてくれ」

手分けしてトマトを採っていく。チャリーン、チャリーン、チャリーンと音が鳴る。大金を稼いでいるかの如く鳴っているけれど、実際は500ポイントの連続だ。

最後の果実は俺が収穫した。すると、今度は本体まで消えた。それまであった枝からなにまで、ポンッとなくなったのだ。残っているのはプランターと土のみ。

プランターの土を掘り起こす。土の中にもトマトの形跡は見られなかった。

「相変わらず謎に満ちているが、とにかくこれで終了のようだな」

種を蒔いてから二日で収穫が可能になり、全てを収穫すると土だけが残る。

「この土は再利用できるのかな？」と由衣。

「試してみよう。明日には結果が分かる」

俺はトマトの種を購入し、適当に蒔いて水やりを行う。

「それじゃ、収穫したトマトの数を報告していこうか」

履歴画面を確認しながら、順番に数を言っていく。それらを合わせるとちょうど五〇〇個だった。価格は例外なく一律で５００ポイント。

「収穫できる数にばらつきがあるのかは不明だが、今回に関して言えば５００ポイントの果実を五〇〇個収穫したってことで、25万ポイントの収入だ。このプランターは10万ポイントで、土は２０００ポイント。種は５００００ポイントだから、それらを足した総支出額は17万ポイントになる」

「差し引きで８００００ポイントの儲けってことね」

さらりと言い放つ歩美。波留によると、歩美は数字に強いそうだ。

「数日掛けた挙げ句に８００００の儲けって、しょぼ！」

「いやいや、そんなことないぞ、波留」

俺は右の人差し指を立てる。

「次回からはプランターが不要だ。もしかしたら土だって買い換える必要がないかもしれない。となれば、補充する必要があるのは種だけ……支出は５００００ポイントで済む。仮に次回の収入が今回と同じ25万ポイントだった場合、このプランター一つで20万ポイントの儲けになるわけだ」

「でも数日で20万でしょ？　漁なら一日で２００万は楽勝だよ！」

「たくさんのプランターで同時に栽培すればもっと稼げるんじゃない？」

俺が言おうとしていることを千草が言った。

「これだけ栽培が楽なら、もっとガンガン増やしていける。何倍、何十倍となる。そうなれば、稼ぎは馬鹿にできなくなるぞ」

「うおおお！　凄いじゃん！」

「今回はトマトだが、作物は他にもある。中にはトマトより金になる物だってあるかもしれない。はっきり言ってこれは大チャンスだ」

悩み続けていた新たな金策について、思わぬ形で最適解が見つかった。

「これだったら漁と違って他人や天候の影響を受けないで済むよね」

由衣の発言に対し、「その通り！」と俺は大きく頷く。

「最大の利点はそれだ。栽培なら自分の土地だけで完結する。見えない壁が守ってくれるので、他人や害獣に怯える必要もない。天気が悪くても雨合羽を纏えば作業ができる。揺るぎない絶対的な安全性が保証されているのは大きい」

「やっぱ大地の読みは深いな！　そこまで考えているのかよ！」

「言うほど深くはないと思うが……」

「なにをぉ!?　なら私が浅いって言うのか!?」

波留が突っかかってくる。その顔からは笑みがこぼれていた。

俺は話を進めた。

「とにかくだ」

「栽培を本格化させよう。土地の機能を使えば更地が作れるはずだから、一ブロックを丸々栽培用にアレンジだ」

俺は〈ガラパゴ〉を起動し、拠点タブを開く。土地の管理画面に移動し、「更地化」のボタンをタップ。警告を兼ねた最終確認が表示された。

指定のブロックを更地にします。

「はい」を選択した場合、ブロック上の草木は全て消失します。

消失した草木は二度と復活しません。

本当によろしいですか？


俺が「はい」を選択すると、ブロック上の草木が跡形もなく消えて更地と化した。

「すげぇ！　消えた！　すげぇ！　手品じゃん！」と大興奮の波留。

「マジで手品……というかゲームみたいだな」

緑の生い茂る土地の一ブロックだけが更地……異様な光景だ。

「よーし、あとはプランターをガンガン設置していくだけだな！」

波留が直ちにプランターを買おうとする。

「いや、その必要はないよ。ここにはプランターを設置しないから」

「プランターを設置しないって、じゃあ、どうするの？」

波留が首を傾げた。他の女子も頭上に疑問符を浮かべている。

「プランターなんてチャチな方法はとらねぇってことだ」

「それって、もしかして……！」

由衣が気付く。俺はニヤリと頷いた。

「この土地全てに専用の土を盛って畑を耕す。この更地で始めるのは家庭菜園じゃない。もっと規模の大きな作業――農業だ！」

035 三日で5000万！

朝食後、まずはいつも通りに漁を行う。農業を始めるには資金が必要だ。

「昨日は五人死んだらしいね」

川の魚を一網打尽にしている最中に由衣が言った。

その発言によって、俺は生存者の数を調べ忘れていたことに気付く。

「ということは、生存者の数は四三〇人か」

死亡者数は三日連続で一桁ではあるものの、〇人には至っていない。

『こちら水野、順調っす！　どうぞーっす！』

懐のスマホから声が聞こえてきた。スピーカーモードで水野と通話中だ。

「相変わらず海しか見えないか？」

『はいっす！　なーんにも見えないっす！』

「進路方向は合っているんだろうな」

『もちろんっす！　ただ、想定より遅くなりそうっす！』

寝ている間に、緩やかな波によってじわじわ押し返されているそうだ。

「金銭面は大丈夫か？」

『大丈夫っす！　まだまだ余裕っす！』

「足りなくなったら言えよ。いつでも送金する」

売買機能を使えば、遠距離でもお金の受け渡しが簡単にできる。

『了解っす！　それでは用を足すので一度終了するっす！　大きいほうっす！』

「詳細は言わなくていい」

水野は陽気な笑い声を上げながら通話を切った。


漁は午前で終了だ。昼食が終わると、いよいよ農業の始まりである。

「まだ発芽はしていないね」

まずは拠点の入口付近に並べたプランターを確認する。プランターはいくつかあり、それぞれ別の種を仕込んでおいた。

これは由衣の案だ。畑で大規模展開をする前にプランターで様子を見ようというもの。より稼げる作物が分かったら、畑でそれを栽培するわけだ。

プランターと同時進行で畑作りにも着手する。俺達は更地へ移動し、購入した土を地面に盛っていく。

「本当にこれでいけるのかねぇ」と波留。

「ま、物は試しだ」

ググった知識を参考に畝（うね）――直線状に盛った土のこと――を作り、そこに種を蒔（ま）く。

本来、畑を耕すには深い知識が求められる。土を盛って畝の形にすればいい、というわけではない。土の種類もさることながら、肥料についても知識が必要なのだ。

だが、俺達は肥料を使わない。というより、〈ガラパゴ〉には肥料が売っていなかった。そして、使用している土の商品説明にはこう書かれている。

『この商品は栽培に適した土であり、肥料を必要としません』

仕組みはよく分からない。俺達の中には農業に詳しい人間がいないから。なので勝手に、肥料添加済みの土なのだろう、と認識している。

「こんなものだな」

一〇メートル四方の更地に八つの畝を作り上げた。それらの畝に、水野のプランターと同じく支柱を突き立てる。

これで完成だ。見た目はどこからどう見ても畑である。

「これでなにも実らなかったら大赤字だよなぁ！」波留がニヤニヤと俺を見る。

「その時は素直にプランターを買って並べるさ。金がかかるけどな」

俺達はトマトの種を購入し、畝に蒔いていく。あとはその畑に水をやって終了だ。最適な作物を調べつつ、プランターが不要かも調べておく。

「もし上手いこといったらどれくらいの稼ぎになるかな？」と千草。

「畝は一つにつきプランター一〇個分で、それが八つだ。つまりプランターの八〇倍の稼ぎということになる。プランターの稼ぎは一個につき25万ポイントだったから、それの八〇倍だと……」

歩美がすかさず「2000万だよ」と答えた。

「2000万!? 漁の約一〇倍じゃん！　大富豪になれるよ、私達！」

「種代も八〇倍で400万かかるから、差っ引いた収入は1600万になるけどな」

「別にいいじゃん！　上手くいけばちゃちゃっと水をやるだけでいいんしょ？」

「まぁな。土地を増やせば規模も拡大できる。プランターと同じく水やりをちょろっとする程度で大丈夫なら、三ブロックくらいは畑にしても問題ないだろう。一ブロックにつきトマトの果実が四万個あるはずだから、収穫するのはとんでもなく面倒くさいが」

「三倍ってことは4800万じゃん！　三日で約5000万とかやばすぎっしょ！」

「トマトより効率の良い作物が見つかればもっと稼げるぜ」

「大地すげぇ！　農業すげぇ！」

「きっかけは水野のプランターだけどな」

「じゃあ水野もすげぇ！」

俺達は数日後のことを想像して胸を躍らせた。

036 絶望

夜、一番風呂を終えた俺は、自室で水野と通話していた。

『お風呂が恋しいっす！　羨ましいっす！』

「いつでも戻ってきてくれていいんだぞ」

『いいや、やり遂げるっす！』

「本当に強い男だな、お前は」

スマホから「ぐへへ」という水野の照れ笑いが聞こえてくる。

「そういえば、海って徘徊者は出ないのか？」

午前二時から四時の間、この島には徘徊者が現れる。俺の知る限り、徘徊者は犬や人に近い姿をしている。だから勝手に、海なら大丈夫という認識をもっていた。

『分からないっす！　その時間は寝ているし、起きていても暗くて見えないっす！　でも、島に比べると脅威ではないと思うっす！　だって、無防備の自分が生きているんすから！』

「それもそうか」

『先輩、話は変わるんすけど、一ついいっすか？』

「ん？」

『先輩って、仲間の女性陣の中で誰が好きなんすか？』

「は？　なんだそれ」

『恋っすよ、恋』

「そんなの考えたこともない」

『えー！　勿体ないっすよ！　自分が島を出たんで、もう男は先輩だけっすよ！　なんなら一人と言わずに全員をモノにしたらどうっすか!?』

　声の感じから水野がニヤニヤしていると分かる。

「モノにするって言い方はどうかと思うな。というか、俺じゃ相手にされないだろ。仲間やリーダーとして見られてはいても、恋愛対象としては論外さ」

『そんなことないっすよ！　先輩の男気ならメロメロっすよ！』

　何を言っているのやら、と呆れ笑いを浮かべる。

「水野って恋愛に興味津々だよな」

『当然っす！　誰だって興味あるっすよ！』

「度合いがあるだろ。俺に比べてお前はホットだ」

『……先輩、そんな調子だと死ぬまで童貞っすよ』

「うるせぇ」

『いやぁ、本当に勿体ないっす！　でも、先輩のそういうところが女性陣を惹き付けるのかもしれないっすね』

　俺は苦笑いを浮かべながらため息をつく。まさか恋愛に縁のない俺が、こんな話をする日がくるとはな。これも島の力か。

「そんなことより、そっちはもう暗いだろ。つまらない話で体力を消耗するくらいなら仮眠をとっておくほうがいいぞ」

『そうっすね！　ちょっと天気が微妙なんで、舟にビニールでも被せて凌ぐっす！』

「おいおい、大丈夫なのか？」

『問題ないっす！　言っていないだけで、既に何度か雨に打たれているっすよ！　といっても小雨っすけど』

「大丈夫ならいいけど、無理のし過ぎは禁物だからな」

『分かってるっすよ！　先輩は心配性過ぎっす！　ではおやすみっす！』

水野との通話が終了する。俺は天井に向かって大きく息を吐いた。

それを見計らったかのように扉がノックされる。

俺が「どうぞ」と返すと、扉はゆっくりと開き、由衣が入ってきた。

ＰＣデスク用の椅子に彼女を座らせる。たった今まで自分が座っていた椅子だ。俺自身はベッドに腰を下ろした。

「俺の尻の温もりが残っていて悪いな」

由衣がクスクスと笑った。心なしかいつもより疲れている様子。

「で、どうしたんだ？」

「ちょっと言いにくいんだけど……」

由衣が視線を逸らす。頬が微かに赤くなっている。

（これはまさか愛の告白⁉）

水野とアホな話をしたせいで、あり得ぬ期待を抱く。

「これから三日くらい、作業を休ませてもらえないかな？」

やはり愛の告白ではなかった。俺は心の中で盛大にずっこける。

「作業を休みたいのか」

「正確には漁を休ませてほしいの。プランターの水やりは私がするから。駄目？」

「駄目じゃないが、休むなら理由が必要だ。由衣のことだし何か理由があるんだろ？」

由衣は顔を伏せ、小さく頷いた。少し間をおいた後、言いづらそうに答えた。

「実は……生理なの」

「生理？」素っ頓狂な声が出る。

由衣の顔が真っ赤に染まっていく。まるで波留を見ているかのようだ。

「せ、生理が何かは分かるよね？」

「一応な。男だから具体的なことは分からないけど」

具体的なことどころか、名前しか知らないようなものだ。ただ、生理中はとても怠くてたまらない、ということくらいは知っていた。

「生理で辛くなる度合いって人によって違うんだけど、私は重い方なの。それで、いつも通りなら明日から三日くらいは漁をするのがしんどいと思う。参加することでかえって迷惑をかける可能性が高いから」

「だから拠点で行える楽な作業に徹したいわけか」

「そういうこと。どうかな？」

「もちろんかまわないよ。その理由なら他の女子も納得するだろう。ただ、俺からこの話をするのは角が立つというか……ぶっちゃけ、かなり話しづらい」

「分かってる。みんなには私から言っておく」

「そうしてくれ」

「足手まといになってごめんね」

「そんなことないよ。仕方ないものだ。ゆっくり休んでくれ」

「ありがと。じゃ、おやすみ」

由衣が部屋から出て行く。

(生理かぁ……。今まで考えたこともなかったな)

突然のことで驚いたが、同時に安堵(あんど)した。このタイミングで良かった、と。もしも島に来て直(す)ぐの段階だったら辛かった。紫ゴリラに負けていたかもしれない。

「明日に備えて今日は寝るとするか」

スマホをモバイルバッテリーに繋(つな)げようとする。

その時、水野からライソの通話がかかってきた。

『先輩、やばいっす！　先輩！』

応答ボタンを押すなり水野の喚（わめ）く声が聞こえてくる。先程と違って切迫している様子だ。なにがやばいのかは想像できた。まず間違いなく強烈な暴風雨に見舞われている。雨や波の音が凄（すさ）まじくて、雷鳴も轟（とどろ）いている。

「水野！　戻ってこい！」

『先輩！　やばいっす！　先輩！　やばいっす！』

「おい！　聞こえているのか!?　水野！」

『先輩！　やばいっす！　先輩！　やばいっす！　雨も！　波も！』

どうやらこちらの声は完全に掻（か）き消されているようだ。

「戻ってこい！　戻ってこい！　戻ってこい！」

それでも俺には、戻るように叫ぶことしかできない。

『先輩！　これたぶん――……』

水野の声が途絶えた。雨や雷鳴の音も同時に消える。

「通話が切れたのか？」

スマホを確認すると、通話は繫がったままだ。

「まさか……！」

考えられるのは一つしかない。水野は波に飲み込まれたのだ。海中にいるから、背景の音も消えている。

マッチングアプリを起動する。水野の場所を確認して助けに行こう、などと衝動的に考えてしまう。不可能だと分かっているが、居ても立ってもいられなかった。

悲しいことに、水野は〈ご近所さん〉のマップに表示されていなかった。このアプリは近くの人間しか表示しない。水野は圏外にいるのだ。

「あっ」

水野との通話が切れた。

それが何を意味するのか俺には分からない。無事なのか、それとも……。

とりあえず「大丈夫か？　返事をくれ」とチャットを送ってみる。

しかし、その発言に既読マークが付くことはなかった。

九日目

037 覚悟を決めておく必要があるな

気がつけば朝になっていた。暗くて重い空気が漂っている。

最悪な九日目の始まりだ。

「水野はどう？　反応あった？」

朝食中、波留が尋ねてきた。

俺はスマホを開いて確認する。そして、首を横に振った。

「アイツ、無視するにしても既読マークくらいつけろよ」

波留が呟く。いつも元気な彼女も、今日は顔色が良くない。

「水野君、やっぱり……」千草の言葉はそこで止まる。

「分からない。悪い風には思いたくない。だが、絶望的な状況であることはたしかだ。今はただ無事であることを祈るしかできない。俺達は無力だ……」

ご馳走が喉を通らない。いつもより控え目な量なのに残してしまいそうだ。

「やっぱり、強引にでも止めるべきだった」

心の声がこぼれてしまう。ひとたびこぼれると、もう止まらない。

「小笠原諸島を目指すと言ったアイツを強引に止めておけば、こうはならなかったはずだ。危険な橋を渡るなら全員で一緒に挑むべきだった。自分が許せないよ、俺は」

昨夜からずっと同じことを考えていた。もしも強引に水野を止めていたら、と。

そもそも最初から嫌な予感がしていた作戦だ。水野の意志が固かったとはいえ、承諾したのは失敗だった。そのせいで取り返しのつかない状況に陥っている。

「自分を責めても意味がないよ。それに、大地だけじゃない。私達だって水野君を止めなかった。同じだから……」

よく見ると、由衣の目には涙が浮かんでいた。他の女子も涙を浮かべている。後悔しているのは俺だけではないのだ。

「今回のことは教訓にしないといけないな」

こんな思いをするのは二度とごめんだ。同じ轍(てつ)は絶対に踏まない。

生存者のタブを開いた時、「ついに始まったか」と思った。

四三〇人だった生存者の数が、四一〇人に減っていたのだ。昨日だけで二〇人が命を落としたことになる。この数日は一桁で推移していた死亡者の数が一気に増えたのだ。

原因は分かっている。拠点を持っていない者の多くが限界に達しているのだ。自ら生きることを諦めた者もいるだろう。

今回の二〇人は始まりに過ぎない。

本日の漁は昼から行うことにした。

俺を含めて全員が寝不足に陥っていたからだ。午前中は仮眠をとった。

川へ行く前に、拠点の入口付近に並べたプランターを全員で確認する。

作物は例外なく発芽していた。驚異の生長力はトマトに限らないようだ。

また、生長速度が均一であることも分かった。普通は作物によってバラツキがあるけれど、プランターの作物にはそのバラツキが見られない。まるで同じ種であるかの如く、全く同じタイミングで発芽している。収穫までにかかる時間も同じだろう。

「あとは本命のアイツだな」

拠点を出た俺達は、その足でトマト畑に移動した。

見様見真似で作った畝を見た時、俺達は興奮のあまり吠えた。小さな芽があちこちから顔を覗かせていたのだ。

「これでプランター不要説が証明されたぞ！」

「本格的に展開できるね」と由衣。

「昼メシも食ったことだし、本日の漁に行くとするか！」

「私は水やりと皿洗いをしておくね」

「あんまり無理するなよ」

由衣を拠点に残し、俺達は川に向かった。


漁が終わって拠点に戻った時には、空が赤く染まっていた。

「よし、順調だな」

拠点へ入る前にトマト畑を確認すると、完熟間近だった。これなら、明日の朝には一個500ポイントの熟したトマトが大量にできているだろう。

「せっかくなら自分で育てたトマトを使って料理を作りたいなぁ。ねぇ大地君、収穫したトマトを換金しないでキープする方法ってないのかな？」

千草が尋ねてきた。

そんなものあるわけないだろ、と思いつつも〈ガラパゴ〉で調べてみる。すると驚いたことに、それらしい設定項目を発見した。

「千草、拠点タブから〈土地の管理〉を開いて、〈栽培〉を押してみろ」

千草が言われた通りにする。そして、顔をハッとさせた。

「それっぽいのがあるだろ？」

「たしかに！」

俺達が見ているのは〈収穫物の自動換金〉という設定で、その下の説明書きによると、これは個人単位で変更できるようだ。

「自動換金を〈しない〉に変えてみたよ」

「これで明日になれば結果が分かるはずだ。上手くいくといいな」

夕食後、俺は自室で過ごしながら入浴の番がくるのを待っていた。スマホでライソを表示し、

ＰＣでネットサーフィンをする。

ＰＣはすぐに消した。水野の様子が気になって集中できない。

「なんだこれ」

全学年版のグループチャットで、萌花のとんでもない発言を見つけた。

ツリーハウスを「水野から貰った」と説明しているのだ。曰く、水野はツリーハウスの完成に満足して他所へ行ったとのこと。大半がその発言を信じていた。

「こいつら好き勝手に言いやがって」

あまりにもむかついたから、俺は真実を話すことにした。萌花達が水野をボコボコにして強引に奪ったと。その証拠として、水野の腫れ上がった顔の写真もアップする。塗り薬の効果を確かめる為に撮影した写真だが、まさかこんな形で役に立つとは思わなかった。

萌花達はたちまち炎上して批難を受ける。俺の発言を疑う者はいなかった。萌花達はでっちあげだと喚いたが効果はない。

フルボッコ状態の萌花達を見て満足した後、水野との個別チャットを開く。悲しいことに既読マークはついていなかった。かれこれ二〇時間以上も音沙汰がない状態だ。もはや生存は絶望的である。

とはいえ、生存の可能性がなくなったわけではない。スマホを海に落としてしまったということも考えられる。水野とチェーンで繫がっているのは、スマホではなくスマホカバーだからだ。カバーからスマホが外れて海に落ちたのかもしれない。

それでも――。

「覚悟を決めておく必要があるな」

十日目

038 ただじゃおかねぇぞ！

一〇日目。

残念なことに、俺の予感は的中した。またしても死亡者の数が二桁だ。

今回は三五人が命を落とした。グループチャットでも悲愴感が漂っている。救援を期待する者の数が急激に減っていた。谷から上がっていた狼煙も一昨日で終わっている。

俺達にとっては対岸の火事に過ぎない。死亡者の中に大事な人がいないだけでなく、嫉妬に駆られて叩いてくるような連中だ。そんな奴等でも、死なれると良い気はしなかった。

「大地君の予想通りになってきたね」

朝食の時、千草がポツリと言った。

「明日も同じくらい死ぬだろうな」

「なぁ、少しくらいはウチに入れてやってもいいんじゃ」

「駄目だ」

波留が言い終える前に拒否した。

「少しくらいの『少し』をどう決める？　その『少し』に入れなかった奴等はどうなる？」

「それは……」

「間違いなく暴徒と化す。グループチャットでも報告が上がっているけれど、既に一部では自暴自棄になって暴れている奴等が出ている。そんな中で、火に油を注ぐようなことをするわけにはいかない」

我ながら冷酷だと思うが、リーダーとしての責任がある。

「提案がある」

俺の言葉によって、全員が箸を止めた。

「今日からしばらくの間、漁は控えよう。もっと言えば、領土から出るのも禁止だ。原則として、拠点と土地だけに行動範囲を限定する」

「なにそれ！　まるで鎖国みたいじゃん！」

「その通りだよ、波留。俺は鎖国を提案している」

「大地が言うなら私は従うけど、理由を教えてくれない？」と歩美。

「さっきも言った通り暴徒化が始まっている。だが、ここではそんな連中を止める術がない。だから事態が沈静化するまでは引きこもる。幸いにも大規模農園は成功したから、漁をせずとも問題ない」

朝食の前にトマトの収穫を行った。実の数はぴったり四万個。一つの種につき果実は五〇〇個で確定だ。

「そんなに危険なの？」

「俺は男だからまだしも、歩美達は女子だからやばいよ。強姦されたっておかしくない」

「強姦って、そんな……」

「大袈裟じゃないよ」

由衣が口を開いた。

「昨日、テニス部のグループチャットで同じ話題が出ていたから。実際に被害も出ているみたい。だから、大地が言わなかったら私も同じ提案をするつもりだった」

「由衣ってテニス部だったの⁉」と驚く波留。

「幽霊部員だけどね」

由衣の発言を受け、改めて鎖国が正解だと確信した。

「結局、作物はトマトが最も効率的なんだっけ？」

話題を変えた。プランターの収穫作業も既に終わっている。

由衣は「そうだね」と頷き、詳しく話した。

「単価はジャガイモやナスビの方が上だけど、総額だとトマトが一番」

「ならプランターで色々試しつつ、今後もトマトを育てるとしようか」


朝食が終わると作業開始だ。プランターを由衣に任せ、俺達は畑にやってきた。

「トマトのおかげで大金が手に入ったし、一気にいくか」

100万ポイントで土地を購入。拠点を中心として扇状に二〇ブロック買った。そして、既に持っている土地も含めた全ての土地を更地化する。

その瞬間、三人の男子が弾き飛ばされた。三人は見るからにチャラ男といった風貌だ。どうやら俺の購入した土地に伏せていた模様。

「大地、この人達って……」歩美が連中を指しながら言う。

「隠れていたところを見ると、そういうことだろうな」

俺達を襲う気だった暴徒に違いない。

「あの、よかったら、俺達も仲間に」

男子の一人がヘラヘラしながら言う。その言動が余計に俺を苛立たせた。

「ふざけるなよ」

前に歩美が作ってくれた槍を召喚し、連中に向かって投げつける。

「ひぃぃいいいいいいいいいい！」

連中は全力で逃げていった。

「次また近づいてみろ！　ただじゃおかねぇぞ！」

連中の背中に向かって叫んだ。すると、別の場所からもカサカサという音が聞こえてきた。

音のした方向に目を向けると、逃げていく男子の姿があった。

「さっきの奴等の仲間か？　いや、違うか。別の暴徒だな」

居場所は知られているし、波留達の容姿なら真っ先に狙われて当然だ。

「な？　引きこもって正解だろ？」

女子達は真っ青な顔で頷いた。

「さて、邪魔者も消えたし、作業をしようか」

収穫し終えた畑の畝にトマトの種を蒔くと、先ほど購入した土地に新たな畑を作った。

「それにしても大金持ちになったよなぁ、私達」波留が嬉しそうに笑う。

「なんだか宝くじが当たったような気分だよね」歩美もニッコリ。

「一気に1000万以上も手に入ったからな」

「でも、すごく美味しいから売るのが勿体なくなっちゃうね」

千草は収穫したトマトの一部を料理に使っていた。設定を変えたことで、彼女だけは自動で換金されないのだ。

喋りながら作業を進め、畝を作り終えた。後はこの畝に何の種を蒔くかだが……。

「よし、このブロックはナスビ畑にしよう」

「なんでさ？」波留がすかさず反応する。

「トマトばかりだと収穫が大変だろ。一ブロックにつき四万個だぞ。全員で収穫したとしても、一人当たり八〇〇〇個も収穫しなければならない。それを何ブロックもとなれば腕が死んでしまう。だから、稼ぎが減ったとしても、単価が高くて収穫が楽な作物を増やす」

「でもウチらには大地の考えたお手軽収穫法があるじゃん！」

波留が言っているのは、複数個の実を同時に収穫する方法のことだ。枝の付け根を切ることで、枝に付いている実をまとめて収穫できる。ただし、切れる枝は側枝に限られている。主枝は異様に硬くて、いかなる刃をも通さなかった。

「それでも作業量には限度があるさ」

ナスビ畑ができると、次の畑はジャガイモ畑にした。

作業をしながらプランターの収穫結果を振り返る。ナスビは一個あたり８００ポイントで、数は二五〇個だから、総額は20万ポイント。一方、ジャガイモは一個あたり１５００ポイントで、数は一〇〇個だから、総額は15万ポイント。ちなみに、トマトは５００ポイントの五〇〇個で、総額25万ポイントだ。

「作業量を考慮すると、ナスビ畑を大量に作るほうがいいかもな」

作物は収穫することで初めて金になる。収穫しきれない量を作っても意味がない。

そんなわけで、今回は三ブロックのみ畑にした。ナスビ畑が二ブロックに、ジャガイモ畑が一ブロックだ。既存のトマト畑と合わせて、計四ブロックで栽培を行う。

作業は一五時過ぎに終わった。

「お疲れ様ー！」

額の汗を拭う俺達。

その時、何かに気付いた歩美が俺の名を叫び、俺の斜め後ろを指す。

振り返ると、制服姿の生徒が近づいてきていた。女子一人に男子五人の六人組。女子の顔はよく知っている。小さい頃から何度も見てきた顔だ。俺はそいつの名を口にした。

「萌花！」

039　悪くはないが、上手くいくとは思わない

　萌花達はあられもない姿をしていた。萌花は制服が引き裂かれて下着が露出しており、男子達の顔面はもれなく腫れ上がっている。ここへ来た当初の水野を彷彿とさせた。

　一目で襲われたのだと分かった。自らが水野にしたように、こいつらは他の奴等に襲撃されてツリーハウスを奪われたのだ。そして萌花は……。

「とりあえず話を聞いてみるか」

　萌花に近づく俺達。由衣も拠点から出てきて合流した。

「大地、助けて……」

　見えない壁に張り付きながら、萌花は涙を流した。お得意の嘘泣きではなく、本気で泣いている。それを皮切りに、後ろにいる野郎共が深々と頭を下げた。

「水野の件は反省しています」

「できることならなんだってします」

「だから俺達を助けてください」

「お願いします」

　案の定な用件だった。

「前とは違うから。絶対にサボらないから。ちゃんと働くから。納得できないなら追放してく

れていいから。だから助けて。お願い、大地」

俺は何も答えず、仲間達の顔色を窺う。誰もが冷ややかな目をしていた。

(やっぱり皆の気持ちは一緒だよな)

俺は小さく頷くと、萌花に尋ねた。

「まずは状況を教えてくれないか？　何がどうなっている？　お前達は水野のツリーハウスを奪ってそこで暮らしていただろう？」

事情は察しがつくが、それでも尋ねておく。想像と実情が異なっていると困るから。

「実は――」

そう言って萌花が話し始めた内容は、想像していた通りだった。暴徒化した連中にツリーハウスを奪われたというもの。萌花の服装に関する詳細は伏せられた。

ツリーハウスは拠点として扱われていない。故に見えない壁は存在せず、誰でも自由に出入りできる。より力のある者がツリーハウスの所有者になれるということだ。

「なるほど、やはりそういうことだったか」

事情は把握できた。もう用済みだ。

「お前達を拠点に入れることはできない。お前達の現状は自業自得だ」

「大地！　私を見捨てないでよ！」

「ここでも『私達』ではなく『私』なんだな」

「えっ？」

「お前はいつも自分のことばかりだ。それは今も変わっていない。自分だけでも助かろうという魂胆が見え見えだ。もしもお前だけならいいと言えば、お前は迷うことなく取り巻きの男子達を見捨てるだろう」

萌花はよほど疲弊しているようだ。俺の発言をちゃんと理解できなかったらしい。だから、俺の発言に対して意味不明な反応を示した。

「いいの!? 私だけなら入れてくれる!?」

これには俺達だけでなく、お仲間の男子達も唖然としている。

「失せろ」

「大地！ お願い！ 大地ぃ！」

「失せろってんだろ！」

俺は萌花達の立っている土地を購入し、見えない壁で連中を弾き飛ばす。そうして別のブロックに追いやると、今度はそのブロックを購入する。これを何度も繰り返した。

「どうだ、まだやるか？」

「死ね！」

それが萌花の返事だった。彼女はよろよろと立ち上がり、その場から去っていく。不思議なことに、男子達は萌花の後に続いた。

時間が経つにつれて暴徒の数が増えているようだ。グループチャットでは「誰それに襲われた」という情報が飛び交っている。

変化は他にも見られた。攻撃的な発言が増えているのだ。考えたら分かるでしょとか、そういう棘のある発言が目に付く。元から刺々しい発言は増加傾向にあったが、この数日は特に多い。それだけ心に余裕がなくなっているのだろう。

「やはり現れたか」

夕食前、ダイニングでスマホを眺めながら呟いた。

「なにが現れたの？」

キッチンで調理中の千草が尋ねてくる。

「三年の連中が『皆で協力して拠点を確保しよう』と呼びかけている」

「なんだか谷のグループみたい」

「似ているが、目的は大きく異なるぞ」

「どういうこと？」

「谷のグループの目的は『救援が来るまで耐えよう』というものだったが、今回のグループの目的は『皆で安全に生活しよう』というものだ。暴徒や徘徊者対策で一致団結しようと言っているだけで、救援を期待しているのではない」

「救援が来るのを諦めたってこと？」

「そういうことだ。ネットを見ても分かる通り、俺達のことなんざ誰も覚えていない。警察だって捜索の打ち切りを発表したしな」

キッチンからジュージューという音が聞こえる。何かを炒めているようだ。

「大地君はどう思う？　その呼びかけ」

「悪くないと思うよ。この島で拠点を得ずに生活を続けるのは難しい。拠点を確保すれば、暴徒や徘徊者といった問題は解決する。ただ、上手くいくとは思わない」

「そうなの？」

「徘徊者はたしかに防げるだろうけど、強姦魔はどうやって防ぐ？」

「フレンドにしなければいいんじゃないの？」

「それは難しいよ。だって、どいつが強姦魔か分からないからな。グループチャットで既に名前が挙がっている奴だけが全てとは限らない。それに、名前の挙がっている奴が必ずしも強姦魔であるとも限らない。偽情報の可能性もある。規模が大きくなれば、誰を仲間にするかどうかで争いが起きるだろう」

「たしかに……」

キッチンのジュージュー音が消える。うっとりする肉の香りがダイニングを包んだ。

「この問題を解決するなら性別で分けるのがいい。例えば女子だけの拠点にすれば、まず間違いなく強姦魔を防げるだろう」

「それ名案！」

「と、思うじゃん？」

「駄目なの？」

「駄目じゃないけど、現実的には難しいよ。紫ゴリラをはじめとする拠点のボスは狂暴だ。男が数十人で挑んで負けた例もある。そんな敵を女子だけで倒すのは不可能に近い」

「でも、私達は少人数で勝てたよ？」

「かなり危険な戦い方だったからな。ガソリンをぶっかけて花火をぶち込んだんだぞ。正攻法で挑んだわけじゃない。失敗すれば大火傷（おおやけど）を負っていた」

「そういえばそうだったね」

「とはいえ、死ぬ気になれば拠点は確保できるはずだ。そこから先は、呼びかけている人間の手腕やカリスマ性による。難しいと思うけど、上手くいってほしいものだ」

俺はテーブルにあったお茶を飲んでから立ち上がる。

「そろそろ部屋に戻るけど、何かしてほしいことはあるか？」

「ううん、大丈夫」

「オーケー、料理が完成したらライソで呼んでくれ」

ダイニングから自室へ向かおうとするが、その足はすぐに止まった。

外の様子が急変していたからだ。澄み切った青空が一変し、分厚い雲が漂っている。

小雨が降り始めたと思ったら、あっという間に大雨となった。

「これはまずいぞ」

俺達は平気だが、外で過ごす大半の連中にとっては致命的な展開だ。

040 逆らう者は追放に処す

晴れの日もあれば雨の日もある。当然のことなのに、雨は衝撃的だった。

「おいおい、雨じゃん！　やばくない？」

波留が近づいてきた。俺の横に立ち、水平にした右手を眉の上に当てて外を眺める。

「拠点を持っていない連中にとっては最悪だろうな」

幸いなことに、俺達は全員が拠点の中にいた。だから、この雨の影響は特にない。

しかし、樹上生活を余儀なくされていた他の数百人は違う。そういった者達にとっては絶望の雨だ。

「私ら以外だと何人くらいが拠点で過ごしているの？」

「多くても五〇人くらいじゃないか」

これでもだいぶ甘く見積もった数だ。谷のグループにいなかった者の大半が拠点を所持している、という前提で算出した。実際の数はもっと低いと思われる。

「今の生存者数って、たしか三七〇人くらいでしょ？　それで拠点にありつけている数が五〇人程度ってことは……」

「約三〇〇人が雨ざらしの中で過ごすわけだ」

「そんなの最悪じゃん！」

「最悪の中の最悪さ。雨に打たれて過ごすだけでも最悪なのに、樹上生活で疲労しまくっているから尚更に最悪だ。で、雨が止んだら止んだで、今度は風邪やら肺炎といった健康面の問題が付きまとう」

「つまり最悪の三乗かよ！」

「最悪の三乗かは分からないが、そのくらい最悪だってことは確かだ」

俺は〈ガラパゴ〉で二つの商品を購入して召喚した。

「大地、なんだこれ⁉」

「見ての通り看板さ」

俺が購入したのは立て看板だ。屋外での使用を想定した物で、透明の保護シートが付属している。もう一つは、その看板に文字を書くためのマジックだ。

「ちょっと持っていてくれ」

保護シートを外して波留に渡し、剥き出しになった白板に文字を書き込む。

『誰も入れない！　他を当たれ！』

ボード全体を使って大きく書いた。

「大地、誰か来ても助けてやらないの？」

「そういうことだ。冷たい人間ですまんな」

「そんなことないよ」

波留が真剣な表情で首を振った。

「私らのことを考えての判断っしょ？　立派だと思うよ」

「そうか？」

「私なんて押しに弱いからさ、すぐに流されるっていうか、自分がちょっと我慢すればいいって考えちゃうもん。それに考えるのが苦手って言い訳して、テキトーな行動ばかり」

真顔で話す波留。その姿はとても意外で、俺は固まった。

「大地や由衣って、ちゃんと自分で考えて行動してるじゃん。そういうの凄いと思う。いつもありがとね」

「あ、ああ。どういたしまして。それにしても、波留がそんな真面目に話すなんて思わなかったよ。びっくりした」

「ちょっ！　なんてこと言うのさ！」

波留の顔が赤くなっていく。

「なんか恥ずかしくなってきたし！　もう部屋に籠もるから！　あと、さっきの話は内緒だかんな！　誰かに言ったら怒るかんな！」

波留は俺に保護シートを押し付けると、拠点の奥へ走っていった。

「やれやれ、相変わらずだな」

俺は苦笑いを浮かべ、保護シートを付ける。これで雨に濡れても文字が消えない。

「助けてくれー！」

作業が済んだので部屋に戻ろうとした時、早速の来訪者が現れた。

三人組の男子だ。連中は全力で此処（ここ）へ向かうが、更地の手前で止まった。見えない壁に阻まれたのだ。更地に侵入することはできない。

「なんだよこれ！」

「まさかここまで全部土地なのか⁉」

「だったら俺達を土地に入れてくれ！　頼む！　土地の上でいいから！」

見えない壁を叩（たた）きながら訴えてくる。俺は真顔で首を横に振り、看板を指した。

「誰も入れない？　ふざけるな！　同じ人間だろ！」

「ふっ、なんとでも言えばいいさ」

俺は連中に背を向け、自分の部屋に向かう。振り返ることはなかった。

全学年対象のグループチャットは阿鼻叫喚（あびきょうかん）の様相を呈していた。拠点に入れてくださいなんでもしますからと懇願する者。拠点があるのに入れない奴（やつ）は人間のクズと喚（わめ）き散らす者。そういった連中の声で溢（あふ）れている。

ただ、絶望の中に希望もあった。連携して拠点を確保しよう、と呼びかけていた集団だ。重（しげ）村（むら）グループと呼ばれるあの連中が、拠点の獲得に成功していた。しかも場所は谷から大して遠くない。多くの人間にとっては短時間で行ける距離だ。

「当然の流れではあるが、ここからどうなるか見物（みもの）だな」

自室でグループチャットを眺めながら呟（つぶや）く。

重村グループのリーダーを務める二年の重村が「拠点がなくて困っている者はウチに来ればいい」と呼びかけている。フロアの拡張費用を各自で負担することが条件だ。

この発言によって、グループチャットにある程度の沈静化が見られた。多くの者が重村を崇（あが）め、ついでに俺をボロクソに批難している。

よく見ると、俺を批難しているのは男子ばかりだ。男は俺だけで、仲間は学校屈指の美少女達。野郎からすれば嫉妬せざるを得ない。立場が逆なら俺も嫉妬していた。

「それにしても……」

重村のグループは、当初、別の男がリーダーだった。誰だったかは覚えていないけれど、三年生だったのは間違いない。

リーダーが交代しているのはどうしてだろう？

重村に尋ねてみた。すると、別の奴等が誹謗（ひぼう）中傷の言葉を返してくる。うんざりしながらそれらの声を無視していると、重村から返信があった。

『ボスとの戦いで死んだので俺が引き継いだ』

そうだろうな、と思える回答だ。ただし、納得することはできなかった。

三年は他にもいるはずなのに二年がリーダーを務めるのは異常だ。二年がリーダーになることについて、誰かしらが文句を言っても不思議ではない。

「ということは……」

重村は管理者権限を盾に支配している——そう考えるのが妥当だし、そうでなければ上級生を従えるのは難しい。

「案外やっていけるかもな」

俺は重村の手腕に期待して、ライソを閉じた。

日が明けて朝になっても、雨は止んでいなかった。ただ、勢いは弱まりつつあるので、じきに止むだろう。

朝食前、千草が調理している間、俺達四人はダイニングで話していた。全員がスマホを眺めて顔を歪(ゆが)める。

「過去最高を更新しちまったな」

俺達が見ているのは生存者の数。昨日から六三人も減って、三一二人になっていた。

「これが雨の力かよ！」波留が舌打ちする。

「全てが雨のせいとは限らない。ボスとの戦闘でも死者が出ているだろう。それに、雨がなくても数十人は死んでいたはずだ。前回の死亡者数は三五人だったし」

「そう考えると、六三人ってむしろ少ないほうなのかな？」と由衣。

「俺はそう思うよ。グループチャットを見ている感じだと、重村グループが外を彷徨(さまよ)っていた連中の大半を吸収したみたいだ」

「逆らう者は追放に処す、だっけ？」

「だな」

重村は既にグループ内のルールを作り始めていた。先程は上納金システムを編み出したくらいだ。自分は働かず、他のメンバーに働かせる。そうして稼いだお金を売買機能で自分に流す。ノルマがあって、未達の者は追放される。

「拠点の管理者権限を最大限に活かしているぜ、大した男だ」

「でも、私は嫌だな、ああいうの。独裁者って感じ」

由衣の言葉に、波留と歩美も同意する。俺は重村を評価しているが、女子達は嫌悪感を抱いていた。

「ま、これで治安も改善された。重村総帥に感謝だな」

俺は話を打ち切り、〈ご近所さん〉を開いた。水野が気になって頻繁に確認してしまう。我ながら無意味な行為だと思っていたが、そんなことはなかった。

「おい！　これ見ろよ！」

アプリを見て反射的に立ち上がってしまった。

「マップに水野の反応があるぞ！」

十一日目

041 水野泳吉②

マップに映る水野のアイコン。場所は「うみ」と書かれた地点。

水野が戻ってきたのだ。

「千草、すまないが」

「分かってる！　ご飯はあとで温めればいいから！」

俺は皆に向かって言った。

「水野を迎えに行こう！」


全員が武装した状態で外へ出た。武器はしばらく前に歩美が作った手斧。こんな事態でも油断はしない。

幸いにも雨は止んでいた。足下がぬかるんでいるが問題ない。５０００ポイントで買ったスニーカーがここでも活躍した。

全力で海に向かって走る俺達。そこへメタリックな鱗をしたヘビが現れた。今回もニシキヘビと同じくらいの大きさだ。

いつもなら怯むところだが、今日は突っ込んだ。一秒でも早く水野のところへ——その思いが俺を突き動かす。怖さを感じない。

「シャアアア！」

ヘビは威嚇するように吠え、臨戦態勢に入る。

「危ないよ、大地君」

「ばか大地、前にググールが勝てないって言っていただろ！」

「かまうもんか！　邪魔をするなら死ね、このクソヘビ！」

俺は手斧を投げつけた。斧は縦に激しく回転し、ヘビの頭部に突き刺さる。

ヘビは一撃で死亡した。

「すげぇ！」

波留を中心に、皆が歓声を上げる。

（マジで倒してしまった……）

想像以上に決まりすぎて自分でも驚く。冷静になったことで、ドバドバ分泌されている脳内物質が止まりかけた。いかんいかん、俺は自らを鼓舞するように叫んだ。

「行くぞ！」

地面に転がる手斧を拾って再び走りだす。走りながらスマホを確認。歩きスマホならぬ走りスマホだ。推奨される行為ではないが、今回ばかりは仕方ない。足を止めたくない上に、水野の場所を知りたいのだから。

そう思っての走りスマホだったのに、つい癖で〈ガラパゴ〉を起動してしまった。先ほど倒したヘビの名前はフルメタルスネーク。討伐報酬は約32万ポイント。角ウサギとは桁が違う。

大したものだ。――って、そんなことはどうでもいい！

「水野はまだ海だ！」

マッチングアプリを開き、最短距離で水野のところへ向かった。


海辺に着くなり、俺達は叫んだ。

「水野！」

「水野君！」

そこに水野の姿があった。波打ち際――濡れた砂の上で横たわっている。

全員で駆け寄った。その時点で嫌な予感はしていた。

俺だけではないはずだ。おそらく他の連中にしたってそうだろう。拠点を出る前から、薄々とは思っていたに違いない。ただ、口には出さなかったし、考えたくもなかった。

――水野が死んでいる、なんてことは。

水野との距離が縮まっていく。それにつれて、嫌な予感が強まっていく。

水野のすぐ傍にやってきた。横たわる水野を見て、俺は絶望した。自分の顔が真っ青になっていくのが分かる。だが、水野に比べると、まだまだ血色が良いほうだろう。

「嘘だろ……」

打ち上げられた水野の顔は、完全に生気を失っていた。青白くて、とても生きているようには見えない。

「脈！　脈は⁉」

由衣が叫んだ。

「調べてみる！」

俺は水野の手を掴んだ。彼の手首に指を置き、脈を測る。

「ない……」

脈がとれなかった。素人ができるかは不明だが、首にも指を当ててみる。ドラマや映画でそういうシーンを見たことがあった。

「駄目だ……」

結果は変わらない。水野に触れて分かるのは、異様に冷たいということだけだ。

「心臓は⁉」歩美が言った。

耳を当てて鼓動を確かめてみるが、やはり駄目。呼吸もしていない。

「水野、死んだのかよ……」

波留が涙をこぼしながら呟く。

「まだだ！　まだ分からん！」

諦めたくなかった。水野の死を確定させたくなかった。まだ分からない、というのは本心からの言葉だ。

だから人工呼吸を試すことにした。幸いにも俺はその方法を知っている。原付の免許を取る際に習ったからだ。

「…………」

水野は何も反応しなかった。ドラマや映画だと口から大量の水を吐き出すのに。目の前に横たわる水野はそういった動きをしない。ただただ冷たく、ただただ無反応だ。

「やっぱり……」

「まだだ！」

認めたくなかった。バッドエンドは許さない。水野みたいな真人間なら尚更だ。

俺はＡＥＤを購入した。もちろん最高値の物だ。説明書に従って水野を半裸にし、タオルで体を拭く。乾いた彼の胸部に電極パッドを貼り、ＡＥＤを作動させた。

『ショックが完了しました。心肺蘇生法を行ってください』

ＡＥＤの音声案内に従い、水野の胸部を両手で押す。何度も、何度も、胸骨を圧迫して心肺の蘇生を試みる。

――が、結果は変わらなかった。

「もう一回だ！」

……。

「クソッ！　今度こそ！」

……。

「絶対に水野は死んでなんか――」

「もうやめて！　大地！」

そこで由衣に止められた。

呼吸を大きく乱しながら振り返る。

全員が涙を流していた。知らない間に、俺の目からも涙がこぼれている。

「水野……！　水野……！　水野……！」

どれだけ呼んでも言葉は返ってこない。青白くなった顔、閉じたままの瞼(まぶた)、動かない体。泣こうが、喚(わめ)こうが、これが現実。

――俺達の大事な仲間、水野泳吉が死んだ。

042 俺達(たち)の決意

水野の墓を作ることにした。彼の死体を拠点まで運び、土地の一つに埋める。土地の外だと獣や徘徊(はいかい)者に掘り起こされかねない。

死体を担いで移動するのは本当に辛(つら)かった。それが仲間の死体であれば尚(なお)のこと。

「これでいいな」

水野の死体を棺桶(かんおけ)に入れる。大量の花も添えておく。

「ありがとう、そして、ごめんな……」

棺桶を土中に埋め、その上に墓石を設置した。設置前の加工によって、墓石には水野の名が刻んである。

『水野泳吉之墓』

その文字を見ているだけで悲しくなった。涙がこみ上げてくる。

「完成だ……」

埋葬作業が終了した。

「こんな時でも動けるって、私達、なんだか非情だよね」と、歩美がポツリ。

「こんな時だからこそだよ。水野は私達の為に頑張ってくれた。だから、私達は立ち止まって泣いているだけじゃ駄目なの。どれだけ悲しくても、精一杯、必死に、頑張って、生きないと、駄目、だから……」

由衣が涙で言葉を詰まらせる。

それを皮切りに、俺達は再び泣きじゃくった。

水野の遺品はウェットスーツとスマホだけだ。他の物は何も残っていない。ウェットスーツは乾かして水野の部屋に飾り、スマホは俺が持つことにした。

「もうすぐご飯ができるから、ちょっと待ってね」

キッチンで千草が朝食兼昼食を作っている。俺達はダイニングで料理の完成を待つ。

俺は水野のスマホを操作していた。他人のスマホを覗くのはいい気がしないけれど、手を止めることはなかった。水野のことだから何かメッセージを残している可能性がある。そんな気がしてならなかった。

「やっぱり〈ガラパゴ〉は無理か」

水野が死んだせいか、彼の〈ガラパゴ〉は起動できないままだった。アイコンをタップしても反応しない。

メールを開いた。メルマガが数千件もたまっている。日に数十件というペースで送られてきていた――が、それらは島に転移する直前で止まっていた。

次にライソを開く。しかし、開いた次の瞬間には閉じた。トーク欄に表示されているのが俺とグループしかなかったから。

彼の参加しているグループは三つで、同学年、全学年、そして俺達の専用グループだ。どのグループからも新しい情報が得られないのは明白だった。

（やはり何もないのかな）

そう思いつつ、画像と動画の一覧を表示する。そこでもこれといってめぼしい情報は得られない。俺達と一緒に撮影した写真や動画だけが別のフォルダに分けられていた。フォルダ名は〈仲間〉となっている。

「ご飯ができたよ」

千草が暗い声で言った。皆がゆっくりと立ち上がり、キッチンに向かう。

俺もそうするべく、水野のスマホを閉じようとした。しかしその時、誤ってメモ帳アプリを開いてしまった。どんなスマホにも搭載されているのに、使っている人間を見たことのないアプリの一つだ。ところが、水野はこのアプリを使っていた。

「おい、こっちに来てくれ」

水野のスマホをテーブルに置き、全員を呼ぶ。

「音声メモが残っているぞ」

メモ帳アプリには、文字だけでなく音声を残せる。俺との通話が切れた後に、水野は何らかの音声をメモに残していた。

「これはきっと遺言に違いないぞ！」

「でも、どうしてメモ帳に？」と由衣。

「たぶん咄嗟のことだったのだろう。それか、ライソが繋がらなかったか。そこはなんだっていい。内容が肝心だ」

メモにはタイトルが書かれておらず、どんな内容なのか想像がつかない。

「押すぞ？」

俺が確認すると、全員がコクリと頷いた。ゆっくりと再生ボタンを押す。

『先輩！　聞こ……聞こえ……っすか』

水野の声だ。しばしば声が途切れているのは波のせいだろう。立ち泳ぎしながら喋っていることが容易に想像できた。

『この島……距離……先輩！』

『聞こえる……島……ぱい！』

何を言っているか分からない。だが、聞き続けていてピンときた。

「これ、同じことを繰り返し言ってない？」

由衣も気付いたようだ。

そう、水野は何度も同じセリフを繰り返している。セリフ自体はそれほど長くない。何度も繰り返すことで伝えようとしている。

「たぶん始まりは『先輩』だ」

俺は紙とペンをテーブルに置き、彼の言葉を書き込む。音声の再生が終わると、再び最初から流す。この作業は難航することなく終了した。

完成した文章を皆で確認する。

『先輩、聞こえてるっすか。この島、ある程度の距離まで離れると、絶対に天気が荒れるっす。たぶん島が脱出を拒んでるっす』

「島が脱出を拒むって、どゆこと？」波留が首を傾げる。

「そのままの意味だろう。島から離れると天気が荒れて押し戻されるわけだ。脱出を拒むかのように」

「そんなことってありえるの？」

「常識的に考えるとありえないが、この島では非常識なことばかりだから」

「じゃあ、水野君は強引に突破しようとしてああなったの？」

千草がテーブルに皿を並べていく。

「そういうことだろう」

引き返してくればいいのに、と思った。命を張る場所を間違っている。勇敢と無謀を履き違えている。水野にそう説教をしたかった。けれど、その水野はもういない。

「無茶しやがって……」

俺は水野のスマホに目を落とす。俺と通話を行う少し前にも音声メモを残していた。

タイトルは――絶対に聴いてほしい魔法の言葉。変なタイトルは、音声を再生させたくするためのものだろう。逆に聴いて良いのか悩んだが、そちらも再生してみた。

『自分の名前は水野泳吉。全生徒が失踪していることで有名な私立鳴動高校の生徒です。自分をはじめ、鳴動高校の生徒は東経約一三九度、北緯約二七度にある未知の島で生活していま す。島ではどういうわけか外部との連絡ができません。自分は救助を要請する為、そこから約三三〇キロメートル東の小笠原諸島を目指して航行中です。もしもこの音声メモに気付いたのであれば、お願いですから、鳴動高校の皆を救ってください』

水野の口調は穏やかで、淡々としている。死を覚悟していることが窺(うかが)えた。

「あいつ、どこまでお人好(ひとよ)しなんだよ……」

「大地、私達はこれからどうしたらいいのさ？」と、波留が俺を見る。

「俺達は――」

水野がやろうとしたこと。

そして、成し遂げられなかったこと。

それは……。

「――全員でここを脱出し、救助を要請する」

生きて帰る。残されたこの五人で。水野の死を決して無駄にはしない。

043 此処でしかできないこと

水野の死を悼んだのは昼食が終わるまで。

それ以降、俺達は島からの脱出に向けて全力で取り組んだ。やることは栽培ただ一つ。

新たに四ブロックを畑にした。作物はトマトとジャガイモは一ブロックずつ、ナスビは二ブロックだ。

全ての日に収穫できるようにする考えだ。名付けてガラパゴ三毛作。だから明日も新しい畑を作る予定だ。

一日の収穫量には限度がある。前回のトマト畑で分かったことだが、収穫作業は想像以上に大変だ。無理なく作業を持続させるなら、日に四ブロックがちょうどいい。

それでも稼ぎとしては十分だ。種代を差し引いた稼ぎは四ブロックで4800万ポイント。トマトが1600万、ナスビが1200万の二ブロック、ジャガイモは800万。

これが毎日の稼ぎ。数日で億万長者だ。常軌を逸した価格の船だって買える。

万事順調だ。だからこそ後悔する。水野を一人で行かせるべきではなかった。

時系列を考慮すると、ねじ曲がった考えをしているのは分かる。水野がここを発った時、俺達は栽培のことを知らなかった。船を買うのは遠い未来の話とばかり思っていたのだ。

（そういえば、どうして重村は栽培を行わないんだ？）

ふと気になった。

重村グループでは徹底して漁を行っている。漁に関する情報は、俺がグループチャットで発表した。しかし、そのことと重村グループの漁とは関係がない。

俺が発表する前から、連中は漁をしていたのだ。重村グループのメンバーがそういった旨の言葉を返してきた。

（もしかして栽培で稼げることを知らないのか？）

その可能性はある。栽培なら競合することはないし、作業が終わったら教えてやろう。


作業が終わって夕食を待つ間、俺は一人で自室にいた。

「皆で仲良く金持ちになれるぞっと」

グループチャットで栽培に関する情報を公開した。作物の価格も載せる。

案の定、この情報は衝撃を与えた。多くの人間から感謝の言葉が届く。

しかし、重村グループからは反応がなかった。無視をしているのではなく、そもそも見ていないのだ。

グループチャットでは既読マークの上に数字が付く。この数字は発言を読んだ人間の数を表している。これまでは発言から数分で大半が読んでいた。

現在の生存者数は三一二人。つまり、発言する度に既読の上には三〇〇近い数字が表示されていた。ところが、発言から小一時間が経っても、既読の数は五〇人程度だ。

重村グループは男女合わせて約二五〇人。どう考えてもこの約二五〇人がグループチャットを開いていない。

「スマホの充電が切れたか？　いや、それはないか」

うっかりスマホの充電を切らすことはあり得ない。充電が切れそうになると、〈ガラパゴ〉が提案してくるのだ。10ポイントでフル充電するよ、と。水野から教わった仕様だ。

最強のモバイルバッテリーがなくても充電は切れない。ただし、この仕様による充電中は〈ガラパゴ〉しか使えなくなる。

「全滅した……？　それなら誰かが何か言っているはずだ」

どういう事態なのか想像できなかった。色々と考えるが答えは見つからない。なので、この件は忘れることにした。仮に重村グループが全滅したとしても関係ない。

「それより脱出プランを練らないとな……」

俺はＰＣを操作して、来る日に備えるのだった。

夕食と入浴が終わった。あとは寝るだけなのだが、まるで眠くならない。

夜風を浴びるとしよう。

「あ、大地」

「歩美か、今日も歩きまくってるな」

通路では歩美がランウェイを歩く練習をしていた。

「それにしても……」

俺は天井を眺めて苦笑いを浮かべる。

「監視されている気がしてならないな、これは」

天井には大量のカメラが付いていた。３Ｄモデリングとやらで使う物であり、決して監視カメラではない。今日の夕食前に歩美が導入した。

これを使って自分の動きを３ＤでＰＣに取り込み、それをトップモデルの３Ｄと比較して活かす——といった説明を受けたが、まるで意味が分からなかった。

「大丈夫、私しか撮らないから」

歩美はシャツの袖を捲った。露わになった腕には、小さな丸いテープが無数に貼ってある。カメラはそのテープを撮影しているとのことだ。

「歩美は器用なだけでなくハイテクなんだな」

「そんなことないよ。これは殆ど由衣がやってくれたの」

「すると由衣がハイテクなのか」

「そういうこと。ハリウッドでも使われている技術らしいよ」

俺は歩美の横を通って外に向かう。

すれ違う時、歩美が言った。

「大地も此処でしかできないことをしたほうがいいよ」

「此処でしかできないこと？」

「私ならこの３Ｄモデリングや作業場。千草は料理関係。波留だったらゲームかな。皆、普段はあまりできないことをしているでしょ？」

「言われてみれば、たしかに」

「大地も何かしたらどう？　もうじき此処を発つんだから」

「此処でしかできないことか……」

歩美の言っていることはよく分かる。多少の贅沢をしたところで、今の俺達にとっては微々たる出費だ。歩美のモデリング用設備にしたって、約２００万ポイントで実装できた。今の内に好きなことをしておくのは賢い選択だ。

「俺にとっては、歩美達とこうして生活することこそ『此処でしかできないこと』になるかな。贅沢したいとかは特にないや」

使えるお金はたくさんあるのに、使い道が浮かばなかった。

「ちょ……！　もう……！」

なぜか歩美の顔が赤くなっている。まるで波留のようだ。

「面と向かってそんなこと言うかなぁ」

「えっ？　俺、なにか変なこと言った？」

「言ったよ。恥ずかしいからやめてよね」

「なんだか分からないけど、すまんかった」

「別に謝ることじゃないよ」

歩美が唐突にハグしてきた。胸の弾力はないけれど、甘い香りで幸せになれる。ハグが終わると、彼女は微笑んだ。

「島を脱出して日常に戻っても私達は仲間だから。一緒に遊んだり勉強したりしようね」

「歩美達と遊ぶ……か」

「嫌？」

「そんなことない。なんだかリア充みたいだなって」

此処を脱出すると、歩美達との関係は元に戻ると思っていた。顔と名前を知っているだけの関係に。そうではないと分かり、ますます頑張ろうという気になった。

十二日目

044 俺達が必死になるのはその時さ

一二日目。

今回の死亡者数は三人。久々の一桁台は、重村総帥の人民受け入れ政策の賜物だろう。

とはいえ、これまでに死にすぎた。この島に転移した当初は五五三人の生存者がいたというのに、二週間も経たずにその内の約二五〇人が命を落としている。

「やはり全滅したわけではなかったな。すると、どうして……」

朝食の前、ダイニングで生存者の数を確認しながら呟く。

相変わらず、重村グループはライソに参加してこない。既読の数は約五〇で変わりない。連中は死亡こそしていないものの、ライソを開けない環境にいるようだ。

「波留、そんなに油いらないって！」

千草の鋭い声が響く。

波留は「えー」と頬を膨らませた。

千草だけでなく、波留と由衣も調理に参加している。千草に作り方を教わっているようだ。

「目玉焼きを作るんだぜぇ⁉　油たぷたぷっしょ⁉」

「それだと目玉焼きっていうより、卵の素揚げね」由衣が呆れたように言った。

「ぶくぶくしていて美味しそうじゃん」

「油はぶくぶくさせるために使うんじゃないから」

「ちぇ。じゃあ、この失敗作は大地の分だな！」

「俺かよ」

水野の死を確認したのは昨日のことだが、俺達はそれなりの明るさを保っていた。俺も含めて、誰もが少なからず無理をしている。

「大地、今日から私もガンガン働かせてもらうよ」

そう言って完成した朝食を運んでくる由衣。俺の前には、波留が作った油まみれの目玉焼きが置かれた。裏面は真っ黒に焦げている。

「これはこれは……実に見事な失敗作だ」

「それなんてまだマシなほうだよ」

千草は苦笑いを浮かべながら、波留の席に目玉焼きを置く。そちらは原形を留めていない程にぐちゃぐちゃだった。

「それ目玉焼きか？　イカ墨をぶっかけたスクランブルエッグじゃなくて？」

「失礼な奴だなぁ！　見た目は悪いが味は最高だっての！」

波留は残りの皿を並べて席につく。

「これとこれ、それにこれが波留の作った物だろ」

俺が見ばえの悪い料理を選ぶ。

千草は笑いながら「正解！」と頷いた。

「料理は味が一番だってことを思い知らせてやらぁ！」

　こうして朝食が始まる。俺は最初に波留の目玉焼きを食べた。

「思っていたよりは……大丈夫だな」

「大丈夫ってなんだよ！　美味(うま)いって言えよ、大地！」

「いやぁ、大丈夫だったよ」

「このぉ！　本当は美味いのを認めたくないだけだろぉ！」

　波留が真っ黒の自称目玉焼きを口に含む。

「うげぇ！　なんだこれ！　まっず！　全然、大丈夫じゃないじゃん！」

　そして、顔面を大きく歪(ゆが)ませるのだった。


　朝食後は畑仕事に取りかかる。

　今日もきっちり四ブロックを畑にした。作物の内訳はこれまでと同じだ。

　作業は昨日よりも円滑に進んだ。由衣の復帰が大きい。

「なあ大地、もう少し畑の数を増やさない？」

　作業が終わって拠点に戻る時、波留が話しかけてきた。

「減らすのではなく増やしたいのか？」

「だって時間に余裕あるじゃん」

　スマホで時間を確認する。一五時を数分過ぎたところだった。

「たしかに日暮れまでには数時間あるな」

「だろー？　だったら五ブロック目も作らない？」

「作業量を増やすのは賛同できない」

「どうしてさ」

珍しく食い下がってくる。波留は色々と疑問を口にするが、食い下がることは少ない。大体はあっさり納得しておしまいだ。

「俺の提唱するガラパゴ三毛作には休みがないからな。明日以降は収穫と栽培をエンドレスで行う。だから、体力を消耗し過ぎるのはよろしくないわけだ。休息する時間を確保して、しっかり体力の回復に努めないとな」

「それはそうだけどさぁ」

「むしろどうしてそんなことを尋ねるんだ？　お金が必要なのか？」

「そんなわけないっしょ！　お金なら腐る程あるよ！　ただささ、あたしゃ思うわけさ。水野は私達のために全力だったのに、私達はこんなにゆるくていいのかって」

「そういうことか」

波留がどうして作業量を増やしたがるのか分かった。

「水野は休むことなく小笠原諸島を目指したっしょ？　だったらさ、私達だってもっとガンガン働いて……」

「それは間違いだ。水野のことを思うなら、俺達がするべきは確実に小笠原諸島へ行くことであって、必死に働くことではない」

「そうだけどさ」

「海に出ればおのずと激しい戦いが待っている。大雨、暴風、荒波……自然の全てが俺達の敵になるんだ。俺達が必死になるのはその時さ」

「ぐぅぅ……」

波留は唸るも、それ以上の反論をしなかった。

「気持ちは分かる。俺達の作業量は決して多くない。限界まで取り組めば五ブロックどころか六ブロックないし七ブロックの作物を一日で収穫できるだろう。俺達には楽々収穫法があるからな。だが、焦ったら負けだ」

「そう……だね」

「それに、計画を固める時間が必要だ。ただ船に乗って小笠原諸島を目指すだけじゃない。暴風雨に見舞われて船が転覆する可能性もある。そういった事態を想定して、万全の対策を練っておかなければならない。だから時間は必要だ」

「たしかに……。そこまで考えてなかった。ごめん」

「気にするな。そこまで考えるのはリーダーである俺の役目だ」

俺は波留の背中に手を当てる。

「さ、戻って自由時間を満喫しようぜ」

波留は満面の笑みを浮かべて頷いた。

045　聖人君子なんて滅多にいるものじゃない

脱出計画について、おおよそまとまってきた。

「まず間違いなく転覆するし、そこからが勝負だな」

自室でＰＣのディスプレイを睨みながら呟く。

脱出に当たって、転覆を防ぐ方法はある。確実なのは単純に転覆しづらい巨大客船を買えばいいだけのことだ。数千人規模で搭乗できる船も〈ガラパゴ〉には売っている。価格は巨額極まりないが、その気になればどうにか用意できる額だ。

しかし、巨大客船を買うのは論外である。買ったところで操縦することができないからだ。

俺達は五人しかいない。それだけの人数で巨大客船を操ることは不可能だ。ググールによると、プロでも操舵室に三人は必要だ。

それに巨大客船は転覆時が怖い。万が一にも転覆した場合、逃げるのは絶望的だ。経験値の少なさを考慮すると、間違いなく逃げ遅れる。で、死ぬ。

ということで、船はそれほど大きくない物になる。それでいて、一人で手軽に操縦できる物が望ましい。これについては既に最適な物を見つけておいた。

「あとはこの計画を詰めたら完成だな」

俺は大きく息を吐き、席を立った。

水野の墓にやってきた。

「必ずこの島から脱出するからな」

墓石に向かって祈る。目を瞑ると水野の笑顔が浮かんだ。

そんな俺を現実に戻したのは虫の羽音だ。小蠅や蚊が周囲を飛んでいる。

「鬱陶しさが増してきたな、こいつら」

小蠅や蚊は見えない壁で防げない。そのため、平然と俺達の縄張りに入ってくる。

ここ数日、こういった害虫は急増していた。水野の死体に寄ってきているわけではない。どうやら畑の作物が原因のようだ。

「ええい、何かないものか」

スマホを取り出し、〈ガラパゴ〉で害虫対策になりそうなものを探す。すると、虫除け用の燻煙剤が売られているのを発見した。容器に水を入れ、その上に薬剤の缶を設置すれば、勝手に煙が出て害虫を駆除してくれるらしい。

「見てろよ害虫共」

俺は１００００ポイントの最高級の燻煙剤を爆買いした。

購入が終わると、すぐさま土地の上に設置していく。一ブロックにつき四個ずつ。室内用らしいけれど、これだけ設置すれば外でも効果があるだろう。設置からほどなくして、プシューと煙が上がり始めた。

瞬く間に洞窟の外が真っ白の煙で覆われる。作物が無事か心配になるほどの煙だが、おそらく大丈夫だろう。仮に駄目だったとしても、その時は作り直せばいいだけのことだ。

「ちょっと、なにこれ⁉」

由衣が洞窟から出てきた。

「虫がウザイから燻煙剤をばらまいてやったぜ」

「やり過ぎでしょ。火事かと思ったよ」

「正直、俺もここまで煙が出るとは思わなかった」

想像以上に立ちこめる煙を見て苦笑いを浮かべる。

その時、スマホが鳴った。ライソの通知音だ。

「音が鳴るってことは個別チャットか」

俺は個別チャットだけ音が鳴るように設定している。

「坂口陽太(さかぐちようた)……？　誰だこいつ」

話しかけてきた相手の名前は――坂口陽太。

「四組の坂口君？　大地、彼と知り合いなの？」

「いや、知らないぞ。チャラ男か？」

「ううん、どっちかっていうと大地と同じタイプ」

「地味な色白で存在感の薄いオタクらしさに満ちた陰キャってことか」

「そこまでは言ってないでしょ」

由衣によると、坂口は三年四組の生徒らしい。グループチャットで彼が発言しているのを見た覚えがない。加えて、俺には彼と会話した記憶がなかった。

「坂口君が大地に……どんな用件だろう？」

「見てみる」

坂口との個別チャットを開く。

『私は二組の橘美香（たちばなみか）。藤堂君、気付いたら返事を下さい』

どうやら坂口のスマホを別の生徒が操作しているようだ。

二組の橘という女子のことも俺は知らなかった。

「橘さんなら知ってるよ。私、同じクラスだから」

「そういえば由衣も二組だったな。友達か？」

「ううん。波留達とも親しくないと思うよ。でも嫌いじゃない」

「ふむ。とりあえず返事をするか」

俺は「どうしたの？」と返す。

即座に既読マークがついた。さらに、とんでもない長文が送られてくる。既読から長文返しまでの時間は数秒。予め（あらかじ）言いたいことをまとめていたようだ。

俺は文章をさっと読んだ。それによって、重村グループの状況を把握した。

「橘さん、なんて言ってるの？」

「一言でまとめると助けてくれってさ」

「助ける？　何から？」

「重村グループから抜け出したいが、抜け出すと野宿することになる。それは嫌だから俺達の仲間になりたい、だってさ。どうやら重村総帥は、拠点を自分の帝国として好き放題にしているようだ」

橘によると、重村は女を性奴隷のように扱っているそうだ。取り巻きの連中と共に欲望の限りを尽くしているらしい。取り巻きというのは、彼と共にボスと戦った男子生徒達だ。

力尽くで欲求を満たそうとする重村とその仲間達。しかし、グループのメンバーは嫌でも従うしかない。拒むと追放されるから。

「酷い……」由衣が手で口を押さえる。

「重村総帥は全員のスマホからライソを削除させたようだ。外部との接触を断つ為だろう。さらに監視アプリでスマホを監視しているらしい。だから、こっそりライソを入れたら速攻でバレる。もちろん、バレたら追放だ」

「それで橘さんは坂口君のスマホから……」

「坂口本人は数日前に死んでいるそうだ。どうしてそんな奴のスマホを持っているのかは不明だが、おそらく恋人か何かだったのだろう」

「まさか重村グループがそんな状況だったなんて」

「ま、想定の範疇ではあるけどな」

「そうなの？」

「逆らう者は追放するって宣言した時から想定していたよ」

「そんなに前から⁉」

「この島には法がないからな。重村が最初からその気だったかは分からないが、こんな環境で絶対的な権力を持てば暴走するのが普通だ」

「でも、大地は暴走していないじゃない」

「俺が異常なのさ」

別に重村を擁護するつもりはない。やっていることは鬼畜の沙汰であり、外道と言うほかない。しかし、そうなってしまうことには理解の余地があった。

「重村達は命を張って拠点を獲得した。それを開放するのだから、見返りを要求するのはおかしい話ではない。ゲスではあるが、そういうものだろう。聖人君子なんて滅多にいるものじゃない」

「じゃあ、橘さんを助けるとかは……」

「ありえない」

俺はきっぱりと断言した。

「橘だけ入れておしまいだと、重村が怒って何か仕掛けてくるかもしれないからな。橘を入れるなら、他にも大量に受け入れて重村の独裁を終わらせる覚悟が必要だ。だが、そんなことをすると島からの脱出が困難になる。それはごめんだ。俺達の最終目標は島からの脱出だから」

「……すごいね、大地は」由衣が真剣な眼差しで俺を見る。

「すごい？　何がだ？」

「絶対にブレないとこ。本当に一貫している」

「たぶんだけど、ただ冷たいだけだよ、俺は」

俺は小さく笑い、坂口陽太のアカウントをブロックリストに追加した。

三〇日目

046 後悔はない

この島に来て三〇日が経過した。

一三日目以降も、死亡者数は一桁で推移した。基本的には五人以下で、時には〇人を達成した日もある。一週間の死亡者数は約一〇人と、平均で日に二人以下になっていた。それでも、生存者の数は三〇〇人を割っている。

重村グループは相変わらずだ。メンバーがライソに参加することはなかった。重村本人も沈黙を保っている。橘のように死者のスマホを使って重村グループの内情を明かす者もいたが、それが何かに繋がることはなかった。「大変だね」と同情する者から「嫌なら抜ければ」と冷たい者まで、様々な反応が見られたけれど、詰まるところは他人事だ。俺と同じで、助けるつもりは毛頭ない。

そんなこんなで、重村グループのメンバーは独裁政治に馴染んでいった。それ以外の生存者である約五〇人は、各々の拠点で生活を充実させている。俺が栽培に関する情報を公開したおかげで、誰もが安全に暮らせていた。

俺達の様子も変わりない。朝食後からおやつの時間まで畑の作業。それが終わると自由に過ごして次の日を迎える。

そうしてお金を貯め続け——ついに、島を脱出する時がやってきた。

「最後の朝食もこれまでとまったく同じだな」

「だって、今日は別に特別な日じゃないでしょ？」

朝食時、ダイニングテーブルで千草と喋る。

「豪華にすると死亡フラグのように感じるものな」

「だからっていつもと同じ過ぎっしょ！」

波留がニッと白い歯を見せて笑う。

「「「「いただきます！」」」」

この島で過ごす最後の日――三〇日目の朝食である和食を楽しむのだった。


朝食が終わると各自で準備を行い、水野の墓の前に集まった。

「この島に来て三〇日目……ちょうど一ヶ月。遅くなったが、俺達はこの島を出るよ」

墓石に向かって話しかける。

「たしか水野君は七日目に島を出たんだよね」と歩美。

「もう三週間以上も前なんだね」由衣がしみじみと言った。

「水野君の死は無駄にしないから」

「大地の奴が慎重すぎて10億以上も貯めやがったから安心しろよ」

千草と波留も言葉を掛ける。

そして、皆で口を揃えて墓石に言った。

「「「行ってきます」」」

水野のスマホを墓の前に置き、俺達は歩き出した。


海にやってきた。

「結局、海で遊ぶことはなかったよな」

海の魚は川のよりも報酬が良いが、その仕様が活かされることはなかった。

「あたしゃ海釣りにも挑戦したかったよ」

「海の漁にも興味があったんだけどね」と由衣。

「俺も同じ気持ちさ」

ここの海は本当に綺麗だ。水野と一度だけ泳いだ時は、時間を忘れて楽しんだ。

それでも海に来なかったのは、来ると思い出すからだ。波打ち際に打ち上げられた水野の姿を。だから誰も、「海へ行こう」とは言わなかったし、言えなかった。

「なら残る？」千草が尋ねてきた。

「いいや」

俺は首を横に振った。

「帰ろう。かつての日常に」

もはや迷いはない。今日に至るまで時間をかけたのもそのためだ。後悔しないよう、全力でこの島を生き抜いた。

「着替えようか」

俺達は事前に買っておいた着替えを召喚する。ウェットスーツとライフジャケットだ。

「恥ずかしいから、大地君はあっち向いて着替えてね」

着替えが終わったら船を買って島を発つ。——と、その前に。

「着替える前に少しいいかな？」

歩美が言った。

「どうした？」

「ちょっと、いや、すごく遅くなったけど……」

そう言うと、歩美は懐から何かを取り出した。

「皆の分のネックレス、作ったの」

シルバーのリングに革の紐を通したネックレスだ。前に全員の分を作ると言っていた。指輪とネックレスのどちらがいいか訊かれたのを覚えている。

「本当はずっと前に完成していたんだけど、渡し損ねていてね」

歩美が女子達の首にネックレスをかけていく。そして、最後に俺の番。

「大地のはコレね」

俺のネックレスだけ、リングが二つ付いていた。

「一個は水野君の分」

歩美らしい気配りだ。

「他には何もないか？」

確認すると、全員が静かに頷(うなず)いた。

ウェットスーツとライフジャケットに着替えた。靴をマリンシューズに履き替え、海に向かって歩きだす。

「船を買うぞ、本当に後悔はないな？」

最後の確認だ。

ここから先は死ぬ可能性がある。もっと言えば、死ぬ可能性が高い。

「私は大丈夫だよ。部屋をゲーセンに改造して遊び尽くしたし」

「たくさん料理することができて満足しているよ」

「アクセサリーを作ったり、ウォーキングの練習をしたりしたからもう十分」

「私も大丈夫だよ。大地こそ大丈夫？」

由衣が尋ねてくる。みんなの視線が俺に集まった。

正直、俺にとってここは天国に近い環境だった。勉強はしなくていいし、欲しい物はなんでも手に入るし、仲間は外見と内面の両方で完璧な美少女達。

一方、島に転移するまで過ごしてきた世界は酷(ひど)い環境だった。退屈なだけの毎日。否応(いやおう)なく訪れる受験。さらにまた受験。それが終われば就職活動。そして約四〇年に及ぶ労働生活。この島が天国とすれば、前の世界は地獄だった。

「もちろん大丈夫だ」

それでも俺達は帰ることを選んだ。

この天国のような島を離れ、地獄のような現実に帰る道を選んだのだ。

「さぁ船のお出ましだ！」

俺は4億ポイントを投入し、船を買った。

購入した船は——最高級のクルーザー。海外ドラマや洋画でセレブがパーティーに使うような船だ。大きさは数十人が快適に乗れる程度だが、スペック表によると乗員の上限は一五人とのこと。日本円だと一〇億円を超えるハイエンドモデルだ。

コイツは俺達のニーズを全て満たしている。一人で操縦できる上に操縦方法も簡単だ。自動で方角を調整する機能まで搭載されている。

高級クルーザーなので乗り心地も良い。船酔いに苦しむリスクは低く、豪華な船内でくつろげる。ベッドまで備わっていた。

そして何より大事なのが脱出しやすいこと。激しく揺れてもすぐに脱出できるし、救命ボートも搭載している。天候が荒れて船が転覆する事態に陥っても安心だ。

「行くぞ、みんな！」

三〇日目の昼過ぎ、俺達は島を発った。

047 最高に天国

クルーザーを操縦するのは初めてのことだったが、思い通りに動かすことができた。部屋に設置したシミュレーターで何度も練習したおかげだ。

「あとは自動運転（オートパイロット）で問題ないな」

操縦に慣れたら自動運転に切り替える。定めた方角に一定の速度で進み続ける機能だ。

船は約一二ノット——時速約二二キロメートル——で航行を続けている。単純計算すれば約一五時間後には小笠原諸島に到着だ。

手動運転だと五四ノット——時速約一〇〇キロメートル——まで出せるので、もっと短時間で済む。

それでも今は自動運転でゆったり進む。これも脱出計画の一環だ。

「見てよ大地」

船内のソファでくつろいでいると、波留がやってきた。

「海の魚を釣ったー！」

そう言ってスマホを見せてくる。画面に魚の名前とポイントが表示されていた。

「よく釣れたな。船は動き続けているのに」

「この程度の速度なら魚も釣れるっしょ！」

「そういうものなのか？」

「分からないけど実際に釣れたわけだし！」

「それもそうだな」

俺は周囲を見渡した。千草は小さなキッチンで何かを作っている。由衣は向かいのソファに座ってスマホをポチポチ。歩美は船酔い中につきベッドに横たわっている。

「もういっちょ釣ってくるぞー！」

「それはいいけど、落ちないようにな」

「分かってるって！」

波留はウキウキした様子でデッキに向かう。

「今のところは順調ね」

由衣が話しかけてきた。

「今日は順調のまま終わってくれないとな」

「明日からが本番だもんね」

俺達は海上で一夜を過ごす予定だ。その際は船を停止させて進ませない。一定距離まで進むと天候が荒れ始めるからだ。

どこから天候が荒れるのか、その詳細は分からない。だが、水野の状況から、ある程度の位置は判明している。俺達の推測だと、島から一〇〇キロメートルが境目だ。

故に俺達は、島から約八〇キロメートルの地点で停止する。そして一夜を明かした後、全速力で嵐の中を突っ走る予定だ。

「そろそろ船をストップさせるぞ」

スマホの時計を確認すると、島を出てから三時間半が経過していた。

俺は操縦席に座り、自動運転を終了させる。動きが完全に止まったことを確認してからデッキへ向かう。

デッキでは、波留がちょうど釣りを終えたところだった。

「波留、釣りをするなら今からだろ」

「もう満足した！　三匹釣ったし！」

「今ならもっと釣れるかもしれないぞ」

「いいのいいの！　釣りはもう満足したから！」

波留は〈ガラパゴ〉の販売機能を使って釣り竿を消した。

「少し早いが夕食の準備に取りかかろうか」

「少しっていうかだいぶ早いっしょ！　今はまだ一六時だよ！　一六時！」

波留がスマホを見せてくる。

「でも、私はお腹が空いているのよね」

由衣が近づいてきた。

「私も……」

青ざめた顔の歩美もやってくる。

「おいおい、歩美、大丈夫か？」

「大丈夫。一気に回復してきた。コレのおかげで」

歩美が小さなプラスチックケースを取り出す。中には白い錠剤が入っていた。最高級の酔い止めらしい。効果はすぐに見られて、歩美はたちまち元気になっていく。

「千草ー、ご飯にするぞー！」

波留が船内に向かって叫ぶ。

「待ってましたー！」

千草が嬉しそうな声でやってきた。右手にアイスペールのようなステンレスの容器を持っている。

「あとは焼くだけだよ！」

千草が容器の中をこちらに向ける。中にはかつてよく見た食材が入っていた。

竹の串に刺さった鮎だ。鱗には塩をまぶしてある。

「思えば島での生活は鮎の串焼きから始まったんだったな」

「その頃ってたしか、大地はググった知識でドヤってたっけ？」

由衣がからかってくる。

俺が「うるせぇ」と言うと、皆は声を上げて笑った。

「あの時から一ヶ月か。なんだかもっと昔の気がするな」

俺はＢＢＱセットを召喚する。

「すごく濃密な時間だったもんね」

皆で喋(しゃべ)りながら準備を行う。

千草は容器を歩美に渡すと、船内に戻っていく。そして、先程と同じ容器を持ってきた。今度の容器は二つで、片方には野菜が、もう片方には肉が入っている。

準備が整ったのを確認してから、俺は言った。

「島から出ているので少し変な感じではあるが、島でこうして揃(そろ)って食事をするのは今回が最後になるだろう。この時間にメシを食うと、夜はそれほど腹が減らないからな。そんなわけだから、この食事を盛大に楽しむとしようじゃないか！」

俺達は船上でＢＢＱを楽しむ。天気は快晴そのもので、雲が一つも見当たらない。

今のところは順調だ。

食事の後は暇な時間が続く。夕方から深夜にかけて、するべきことは何もない。だから、この時間に休む。俺はライフジャケットを壁に掛け、ベッドに横たわった。

「大地、私も入っていい？」由衣が近づいてくる。

「別にかまわないが……」

ベッドはダブルサイズ。並んで寝そべってもゆとりのある広さだ。

「ごめんね、私も今の間に休んでおきたくて」

由衣が入ってきたので、俺は端に移動した。

「私もいいかな？」

「革張りのソファだと寝心地悪くて」

千草と歩美までやってくる。由衣が俺のほうへ詰めてきた。

「おいおい、私だけ仲間はずれなんてやめろし！」

極めつけは波留だ。最終的に、一つのダブルベッドに五人が入る。

（これは……）

由衣の体が俺に押し当てられている。

「狭すぎだから」由衣の呆れたような声が飛ぶ。

「そうだな、狭すぎてよろしくない」

と言いつつ、俺の本音はまるで違っていた。

（なんたる僥倖！　このままでいいぞ！　サイコー！）

だが悲しいことに、状況は改善されることになった。

「このソファをどけてベッドを増やそうぜぇ！」

波留がベッドに隣接しているソファを取っ払ったのだ。なんと〈ガラパゴ〉の販売リストに登録して消しやがった。そして、空いたスペースに追加のベッドを召喚する。

「なんてことをするんだ！　ソファはこの船に最初から装備されていたものだぞ!?」

俺の顔面が真っ青になった。

「だから？　なんかまずった？」

しかし、波留は自分がとんでもないことをしたと分かっていない様子。

「奇跡的にもソファだけ出品できたからいいが、ヘタをすればこの船ごと出品されていたかもしれないんだぞ。そうなってみろ、俺達はいきなり海に転落だ。しかも今はライフジャケットを着ていない。パニック必至だろうが」

「うげぇ！　やばいじゃん！」

「だから俺はこんな顔をしているんだよ」

「ま、問題なかったからセーフってことで！」

「やれやれ、次からは慎重に頼むぞ」

俺は波留達に背中を向けて目を瞑（つぶ）る。

そのまま寝ようとした時、異変に気付いた。掛け布団の下で由衣が俺に抱きついてきているのだ。ベッドが増えたおかげで余裕ができたのに、彼女は未（いま）だに密着している。

「不安だから……駄目？」

背後から由衣が囁（ささや）く。他には聞こえない程のすごく小さな声だ。息が耳にかかる。

俺は何も答えずに首を振った。駄目じゃないよ、という意思表示だ。

「よかった」

由衣の抱きつく力が強まった。胸の弾力、髪の香り、掻（か）き立てられる妄想。

（嗚呼（ああ）……最高に天国）

束（つか）の間の幸福に酔いしれた。

048 最後の戦い

仮眠をとって夜を迎えた。

ライフジャケットを着て船内で過ごす。船内は夜でも明るい。まさに不夜城。

燃料を補給する。この船の欠点は燃費が良くないこと。小笠原諸島まで行くには何度も燃料を補給する必要があった。だが問題はない。俺達の所持金は今でも10億を超えている。燃料を買うお金に困ることはなかった。

「あー、この人、生で見たことあるよ」

「本当に？　波留はよく見間違うからなぁ」

「いやいやマジだって！　これはマジ！」

波留と歩美は、ソファに座ってテレビを観ていた。千草はその隣で座ったまま目を瞑っている。俺と由衣は彼女らの向かいに座っていた。

「さっきはありがとうね」

由衣が話しかけてくる。さっきというのは、ベッドで抱きついてきた件だ。

「かまわないよ。俺も嬉しかったし」

「なになに何の話ー？」

波留が俺達を見る。

由衣が無表情で「別に」と返すと、波留は「そっかー」とテレビに顔を向けた。

「流石だよね、大地は」

「なにがだ？」

「徘徊者に警戒するの」

「ああ、そのことか」

徘徊者に備えて、今日の夜は起きて過ごす予定だ。

海に徘徊者が現れない可能性は高い。現に水野は無防備だったのに襲われなかった。それでも万全に万全を期すため、徘徊者の警戒を怠らない。

徘徊者対策は万全だ。船内だけでなく、その周囲一〇メートル程も照らしている。加えて、徘徊者と戦うための武器も用意済みだ。

その武器とは——拳銃。

当然ながら、〈ガラパゴ〉には売っていない物。

そう、俺達は銃を作ったのだ。作るのに大した苦労はしていない。違法にアップロードされた設計図を入手したら、あとはそれを３Ｄプリンターに読み込ませるだけ。弾丸も〈ガラパゴ〉の加工機能を駆使することで簡単に量産することができた。

ただし、３Ｄプリンターで作る銃には欠点がある。耐久度が異様に低いことだ。数発で本体がオシャカになる。だから一〇〇丁ほど用意した。質より量だ。

俺達の作った銃が徘徊者に有効なことは島で検証済み。まともに命中すれば、当たった箇所に関係なく一発で倒すことができる。徘徊者には色々な種類がいるけれど、どのタイプでも問題ない。

「まるで武器を違法に密輸している闇の業者だな」

大量の拳銃が入った箱をデッキの近くに置く。箱の中の銃は本物なのに、たくさん入っているせいで玩具(おもちゃ)のように見える。

由衣はその隣に縦長の籠を設置した。籠には歩美の作った剣が一〇本ほど入っている。近接戦を想定して作ったものだ。

「これらを使わずに済めばいいのだが……」

俺はスマホで時間を確認する。時刻は午前一時五〇分。

「皆、そろそろ準備しろ」

「さぁて、やってやりますかい！」

波留が武器を持ってデッキに向かう。左手に剣、右手に銃。

歩美と千草も同じスタイルで波留に続く。

俺と由衣は両手に銃。俺達は射撃の腕が良いから銃撃メインだ。

「オーケー、ググール。カウントダウンを始めろ」

デッキに出ると、腰のポケットに向けて話しかける。

『午前二時までのカウントダウンを始めます。残り三三〇秒……』

機械音声が一定のリズムでカウントを減らしていく。あと五分で徘徊者の時間だ。

「そういえば徘徊者を最初に倒したのって大地だっけ？」

歩美が尋ねてきた。その顔に船酔いの気配は見られない。

「それまでは猛獣って呼ばれていたんだよね？」と千草。

初めて徘徊者と遭遇した日を思い出す。異様に頭が大きい人型と、複数の首を持つ犬。

「思えば徘徊者とは殆ど無縁だったな」

徘徊者とまともに対峙したのはこの数日だけだ。射撃の練習をするため、三〇〇体ほど殺させてもらった。

『三五……三四……三三……』

機械音声のカウントが〇に近づく。

「いよいよだぞ」

『一〇……九……八……』

「気を引き締めろ」

『五……四……三……』

「どうか何事もなく平和でありますように」

歩美の言葉と同時に、カウントが〇になる。俺達の表情が変わった。

「歩美、残念だったな――敵だ」

どこからともなく徘徊者が現れたのだ。異様に大きな頭部を持つ化け物が、でたらめなクロールでこちらに迫ってくる。

「やはりこいつらは蛾と同じで光に引き寄せられるな」

徘徊者は光に敏感な節があった。初めて俺が襲われた時も明かりを灯していた。

一方、海上で夜を過ごしている時の水野には光が無かった。奴は襲われたら仕方ないと腹を括って寝ていたからだ。

おそらくこいつらは光で獲物を察知する。その光とは、自然光とは異なる光――スマホや船のライトだ。これは仮説で正しいかは分からないが、おそらく間違いないだろう。

「だからといって船の明かりをすべて消すわけにはいかない」

俺は銃の引き金を引く。強烈な銃声が響き、一体の徘徊者が消えた。

「これから二時間、最後の戦いといこうじゃないか」

049 迎撃戦

不運なことに、徘徊者の数は俺達の想定より遥かに多かった。数十や数百という数では収まらなかったのだ。倒せど倒せど、次から次へと現れる。銃弾は三〇分も経たずに底を突き、早々に近接戦闘となった。

だが、幸運なこともあった。徘徊者が島の方角からしか現れないことだ。そのため、「待ち」の戦法が使えた。後方のデッキでただ待っていればいい。徘徊者が船に上がろうとしたら剣を突き刺して終了だ。

「歩美、武器の補充をしろ。デッキは四人で十分だ」

「分かった！　剣でいい？」

「槍の方がいい。この様子なら剣よりも槍だ」

歩美は大量の武器を販売リストに登録している。槍に剣、それにボウガンなど。

栽培の情報を広めて以降、武器を買う者はいなくなった。なのに販売リストの武器が増えていくから、グループチャットでは「誰の仕業？」と騒ぎになったものだ。

「この剣はもう使えないな」

剣の切れ味が落ちてきた。先ほどまで軽く倒せていた徘徊者がしぶとく感じる。

「くれてやらぁ！」

徘徊者に向かって剣を投げつけた。そして、歩美が召喚した槍を手に取る。

「かかってこいよオラァ！」

自分を鼓舞するために叫ぶ。

「あたしゃぜってぇ負けねぇ！」

「プロの料理人になるんだから！」

波留と千草も叫んだ。

「ググール、あと何分で終わる⁉」

俺は槍を振り回しながらスマホに尋ねる。

『…………』

ググール先生からの応答がない。

「大地、『オーケー』が抜けているよ」と由衣。

「ええい、空気の読めないバカスマホめ！」

「私はバカではありません」

「それで反応するなら時間も教えろよ！」

「いや、今のは私の声なんだけどね」と波留。

女子達が声を上げて笑う。

俺は恥ずかしさから顔が赤くなった。

「やれやれ、こんな状況でも楽しみやがって」

俺は大きなため息をついた後、改めて時間を尋ねた。今度は「オーケー」を忘れない。

『残り一〇分一二秒です』

「聞いたか？　あと少しだ！　生き抜くぞ！」

俺達は全力で戦い続けた。そして――。

「終わった……！」

午前四時を迎えた。時計を見ていなくても分かる。徘徊者が一瞬にして消え失せたのだ。穏やかな海に戻る。

すかさず周囲を確認した。死傷者はいない。

「勝ったぞ！　俺達の勝利だ！」

「やったあああ！」

二時間に及ぶ徘徊者との激闘を乗り切った俺達は、腹の底から雄叫びを上げた。


疲労が凄まじいので、まずは体力の回復だ。

各自で適当な食事を買って食べる。流石の千草でも料理をする気力はなかった。食事が終わるとシャワー室で汗を流し、新しいウェットスーツに着替えて眠りに就く。

「本当に俺がここでいいのか？」

「別に私は大丈夫だよ」

「大地君が隣だとちょっと緊張するけど、私も平気」

ベッドでは、俺が真ん中で寝ることになった。右手に歩美がいて、左手に千草がいる。由衣と波留は両端だ。

「こうやって皆で寝るのっていいよなぁ」と波留が呟く。

「脱出したら皆で旅行しようよ」そう提案したのは歩美。

「いいじゃんそれ！　でも、大地だけ別の部屋な！」

「マジかよ」

「冗談に決まってんじゃん！」波留がニシシと笑う。

「その時は波留が大地の隣だね」と由衣。

「ばっ！　そんなのごめんだし！」

波留は顔を真っ赤にしながら叫んだ。

「相変わらずだな、波留は。なんならまた手を繋ぐか？」

俺も一緒になってからかう。その言葉に他の女子達まで反応する。

「また⁉」

「大地君と手を繋いだの⁉」

「いつのまに……！」

「あーもう！　知らない知らない知らない！」

波留は俺達に背中を向けて丸まった。


午前九時三〇分頃に活動を再開。長めの睡眠により、体力は完全に回復した。

「ここからは全速力で行くぞ」

俺は操縦席に座り、後ろに向かって言う。

「いつでも大丈夫だよ」

女子を代表して由衣が答えた。皆は船内のソファに座ってこちらを見ている。

「それでは、いざ小笠原諸島へ！」

俺は手動運転モードに切り替え、最大馬力で船を動かした。

「おおー、スピードが上がっていく！」

波留が興奮する。その隣で慌てて酔い止めを服用する歩美。

「流石の高級クルーザーでも揺れが激しくなってきたな」

スピードの上昇に比例して揺れが激しくなる。五〇ノットを超えた頃には、漁船の如き勢いで揺れていた。

「こりゃいかん」

俺も慌てて酔い止めを飲む。歩美以外の女子もそれに続く。

漁船レベルの揺れだと、どれだけ船酔いに強い人間でも酔う。なにかの番組で漁師がそう言っていた。漁師ですら最初の頃は酔っていたそうだ。

「ここからさらに激しくなってくるぞ！」

俺は前方を指す。どんよりした雲が待ち構えていた。

「いよいよだ」

水野の言っていた通り、脱出を拒む悪天候がやってきた。

050 衝撃

「突っ込むぞ！　衝撃に備えろ！」

空が曇ろうと俺達は止まらない。全速力で船を突っ込ませた。

最初に雷鳴が轟く。引き返せと警告しているようだ。

「見ていろ水野、俺達は生き抜いてやる！」

雷鳴を無視して、船は小笠原諸島へ向けてまっしぐら。

すると今度は雨だ。一瞬にして警報レベルの大雨が降り始めた。

「やっべぇ雨！　大丈夫なのかよ⁉　大地！」

「問題ない！　このクルーザーなら！」

排水機構がしっかりと備わっているから、船に水が溜まることはない。

雷鳴と雨に続いて霧まで出てきた。周囲が見えないレベルの濃霧が辺りを覆う。雷鳴や大雨とのコンボは凄まじい。普通なら不安で精神がおかしくなるだろう。

しかし問題ない。この船には方角を自動で調整する機能がある。視界不良でも針路を誤ることはない。俺はただ全力で船を走らせればいいだけだ。

船の揺れが激しくなる。いよいよ最後の敵――暴風の到来だ。しかも完璧な横殴りの風。

「きゃっ！」

女子達の悲鳴が聞こえた。全員が必死な顔で船にしがみついている。

「限界までいく！　絶対に落ちるなよ！」

それでも速度を緩めない。濃霧のせいで船が動いているのか不明だ。念のためにスマホで確認しておく。

「大丈夫だ！　進んでいるぞ！」

船は順調に進んでいた。しかし、荒波のせいでスピードが大きく落ちている。

「大地！」

由衣が叫んだ。何を言いたいのかは分かっている。船の転覆を心配しているのだ。強烈な波が横から襲ってくるせいで、船が激しく傾いている。いつ転覆してもおかしくない。

「まだだ！　まだ限界じゃない！」

それでも俺は攻め続けた。限界までこの船で頑張る。判断が遅れると全滅する可能性もあるハイリスクな勝負だ。

「そろそろだ！」

限界が近づいてきた。もはや平衡感覚がまともに機能していない。

そんな時、船がグォオオオンと大きく傾いた。直角に近い強烈な傾きだ。

「よし！　脱出するぞ！」

限界を察知した俺は、船を自動操縦に切り替え、操縦席を離れる。皆と一緒に救命ボートを持ってデッキに向かった。

「吹き飛ばされないよう気をつけろよ！」

何度もバランスを崩しそうになる。それでも、どうにかデッキに到着した。

「乗れ！　乗るんだ！」

全員を救命ボートに乗せる。

「大地も！」

由衣が手を伸ばしてくる。

俺はその手を摑み、救命ボートに乗り込んだ。

「あとはクルーザーがどこで転覆するかだな」

クルーザーは無人でも使い道はある。自動運転だ。

俺達の乗っている救命ボートとクルーザーは紐で繋がっている。なので、クルーザーが転覆するまでは自分達でオールを漕ぐ必要がない。

「雨きっつ！　やばいっしょ！」

「風も……！　痛い！　痛いよ、大地君！」

「耐えろ！　耐えるんだ！」

救命ボートがクルーザーに引きずられていく。俺達は必死にしがみつき、耐え続ける。

(想像以上にきついな……大丈夫か⁉)

ボートの揺れが凄まじい。クルーザーより先に転覆しそうだ。

暴風に吹き飛ばされる恐れもあった。ボートが縦に揺れる度、体がふわっと浮く。そこで風に摑まれたらおしまいだ。二度とボートには戻れない。

「水野の奴、こんなのに挑んだのかよ。あの小舟で」

水野がどこで脱落したかは分からない。しかし、俺達と同等の経験をしたのはたしかだ。クルーザーがない分、アイツの方が大変だったに違いない。

(本当にすげー男だよ、お前は)

胸元で踊り狂うシルバーのリングを摑む。歩美が作ってくれたネックレスだ。

「水野、俺達に力を貸してくれぇぇええええええ！」

腹の底から叫ぶ。それを待っていたかのように、その時はやってきた。

「大地！　船が転覆するよ！」

歩美の言った通り、クルーザーが転覆する。満を持して船底から起きた波にひっくり返されたのだ。

「ここからが正念場だ！」

俺は救命ボートから伸びる紐を剣で切った。その剣は危ないから海に捨てる。

「漕げ！　オールを！　漕げぇえぇ！」

全員で必死にオールを漕ぐ。どちらに進んでいるかも分からない。そもそも進んでいるのかすらも分からない。それでも俺達はオールを漕ぎ続ける。漕いで、漕いで、漕いで、ひたすらに漕ぎ続ける。そして――。

「大地君！」

「ああ……！」

俺達は手を止めて見上げる。嵐が去り、空が晴れてきたのだ。

「乗り切ったぞ！　俺達は！」

「やったああああああ！」

由衣以外の女子が叫ぶ。

由衣は真剣な表情でスマホを見ていた。

「由衣、どうした？」

「待って、今、マップで確認しているから」

「そうか。逆走していた可能性もあるのか」

喜びから一転して不安になる。

「どうなんよ？　由衣！」

「もう少し待って。分かるでしょ？　マップの位置情報が正確になるまでには少し時間がかかるってこと」

急かす波留に対して、由衣が棘のある口調で返す。

ほどなくして、由衣が顔を上げた。

「結果が出たよ」

島との戦いに勝って嵐を切り抜けたのか。

それとも、いつの間にか逆走して島に戻っていたのか。

その答えは――。

051 最終確認

由衣は無表情なので、顔を見ても結果は分からない。

全員の緊張が高まっていく中、彼女は言った。

「正しい方向に進んでいたよ」

無表情だった由衣の顔に笑みが浮かぶ。

「それってつまり……」

波留が俺を見てきた。

俺は「ああ」と頷く。

「俺達は嵐を突破したんだよ！」

「やったあああああ！」

今度は由衣も叫んだ。

島からの脱出を拒む最強のラスボス。それに俺達は勝ったのだ。


再びクルーザーを購入し、救命ボートから乗り換えた。

「念のためにシャワーは浴びないでおこう。まだ何かあるかもしれない」

本当はいますぐにでもシャワーを浴びたかった。全身が乾いた汗でベトベトだ。だが今は我慢する。俺達がラスボスと思っていたものが、ラスボスではない可能性もある。未知のトラブルに備える必要があった。

「でもこのままじゃ風邪をひいちゃうよ！」

波留が寒そうに震えている。

「船内を暑くして体を温めるぞ！」

ストーブを設置して、船内に優しい温もりを広げる。同時にドライヤーも購入し、髪の毛を乾かす。ドライヤーの温風を体に当てると、ポカポカして気持ち良かった。

「とりあえず小休止だな」

空腹でたまらない。嵐の後だからだろう。クルーザーを自動運転にして、おにぎりを食べることにした。

腹が満たされると、安堵感も相まって眠くなってくる。視線がおのずとベッドへ向かう。だが、今は寝るわけにいかない。両手で顔を叩いて引き締める。

休憩が終わったら手動運転に切り替えて船を進ませる。全速力だ。五〇ノットを超える猛スピードで平穏な海を突き進んでいく。

しかし――。

「あれ？　なんだか船の様子がおかしいぞ」

どういうわけか船の速度が落ち始めた。マップを確認する。小笠原諸島まで残り一〇〇キロメートル程の地点だった。

船の減速は留まることなく、最終的には完全に停止した。

「燃料の問題か？」

由衣は燃料を確認すると、首を振った。

「燃料はまだあるよ」

「すると……此処が〈ガラパゴ〉の限界ラインってことなのかな」

俺の推測は当たっていた。全員のスマホが同時に鳴り、ログが表示される。

【警告】

此処までが〈ガラパゴ〉の管轄内になります。

これより先へ進むには、〈ガラパゴ〉を削除する必要があります。

削除した場合、二度と〈ガラパゴ〉を使うことはできなくなります。

また、〈ガラパゴ〉の管轄内に戻ることもできなくなります。


「削除したら〈ガラパゴ〉やあの島とお別れになるのか」

「それって、このクルーザーも消えるってことかな？」

由衣は真っ先に船の心配をしていた。この状況でも冷静だ。

「どうなんだろうな……」

もしも〈ガラパゴ〉を削除した場合、この船はどうなるのか。非常に重要なことではあるが、確かめようがなかった。答えを知れるのは、〈ガラパゴ〉を削除した後だけだ。

俺は全員の顔を見る。

「由衣の言った通り、〈ガラパゴ〉を消すとこのクルーザーが消える可能性がある。ここは小笠原諸島から約一〇〇キロメートルの距離。ここでこの船を失えば、間違いなく俺達は助からない。それに、〈ガラパゴ〉を消したからといって、船が動き出すとも限らない。だが、〈ガラパゴ〉を削除しなければ、俺達は前に進めない」

一度、大きく呼吸する。それから問いかけた。

「どうする？　今ならまだ引き返せるぞ」

誰も答えない。否、答えるより先に俺が言った。

「俺は前に進む。死ぬかもしれない。それでも進む。だが、同行してくれとは言わない。もしも引き返したい人がいるなら言ってくれ。俺の金を全て渡す。その金で新たなクルーザーを買って戻るといい。自分の意思で決めてくれ」

これが本当に本当の最終確認だ。

「私も進む。歩美や千草みたいに立派な夢とかないけど、いや、だからこそ、何か夢を見つける為にも、社会の中で生きていきたい。だから進むよ」

最初に言ったのは由衣だ。

「料理人になって多くの人を料理で笑顔にしたいから……私も進む」

千草が続いた。

「あれだけずっとランウェイを歩く練習をしたんだもの。引き返せないよ」

歩美も同じく。

これで残すは波留だけだ。全員の視線が波留に集まる。

「私は……」

波留がおもむろに口を開く。

「島での生活はすごく楽しかった。色々なゲームをして、部屋をゲーセンみたいに改造もした。釣りだって良かった。嫌いな勉強もしなくていいし、お金だって困らない」

波留はそこで言葉を句切った後、「でも」と続けた。

「島に来る前の社会に戻っちゃうとさ、そういうのができなくなる。嫌いな勉強を強制され、働いてお金を稼ぐ必要だってある。服だってモデルさんが着ている物と似たデザインの安物しか無理。化粧品だってそう。だから——」

波留は真剣な表情で言った。

「私は残るよ、島に」

052 エピローグ

予想外の発言だった。全員が「進む」と言うものだと思った。

だが、波留は「残る」と言った。

俺達は唖然として口を開いていた。気まずい沈黙が場を包む。

しばらく固まった後、俺は言った。

「そうか、波留は残るんだな。なら俺達のお金を波留に」

「——なんてね」

「はっ？」

「冗談に決まってんじゃん！」

波留がニヤリと笑う。

「騙(だま)された⁉　波留様の演技に！」

「ということは、波留、お前も？」

「進むに決まってんじゃん！　当たり前っしょ！」

豪快に笑う波留。なぜかしたり顔。

「……」

由衣は無言で波留に近づくと、強烈なデコピンをお見舞いした。

「いってぇ！　由衣、なにするのさ⁉」

「なんかむかついたから」

「同じく」「同じく」「同じく」

由衣に続いて、俺達も波留にデコピンをしていく。波留の悲鳴が船内に響いた。

「それじゃ、前に進むとしようか」

波留に天誅(てんちゅう)を下し終えると、表情を引き締める。

「皆で一緒に消そうよ」

提案したのは波留だ。

「今度は冗談なんて言わないでよ？」と由衣。

「わぁーってるって！」

皆が自分のスマホに視線を向ける。アプリの削除画面から〈ガラパゴ〉を選択。削除してもよろしいですか、の確認画面で合わせる。

「せーので消そうよ！　いくよ!?」波留が確認する。

俺達が頷く（うなず）と、彼女は大きな声で言った。

「せーのっ！」

俺達は同時に〈ガラパゴ〉を削除した。

――……。


「船、無事だったな」

クルーザーは消えなかった。アプリが消えても、買った物は無事のようだ。ウェットスーツやライフジャケットも問題ない。

「あとはこの船が動くかだが……」

俺は操縦席に座って船を動かす。死んでいた船が息を吹き返した。

「動く！　動くぞ！　俺達の船が！」

「いっけぇ、大地！　小笠原諸島まで突っ走れ！」


その後は完全に平和だった。

静かな海をひたすら進み、そして――。

「見えてきた！　小笠原諸島だ！」

「どうやら目の前にあるのは父島（ちちじま）のようね」

由衣がマップを確認する。

「そこに上陸させてもらうとしよう」

「私、救助の電話をするね」

電話を由衣に任せ、俺は船を進める。

「おいおい、電話が復活したのかよ⁉」

電話をかけようとする由衣に波留が食いつく。

「〈ガラパゴ〉を削除してすぐに復活したよ。気付いてなかったの？」

代わりに歩美が答えた。

「むしろなんで気付いていたし！」

「私、お母さんにメール送ったもん」

「私もお父さんに送ったよー」と千草。

「ちょい！　教えろよー！　ずっとテレビ観(み)てたじゃんか！」

そう言うと、波留はデッキに移動し、電話をかけ始めた。大きな声で話しているから、誰にかけているのか丸分かりである。電話の相手は母親だ。嬉(うれ)しそうな顔で「大丈夫だから心配しないでね」と報告している。

「大地も誰かに連絡する？　代わるよ？」

歩美が気遣ってくれる。

「いや、俺は無事に救助されてからでいいよ。どうせ大して変わらないからな」

「淡泊だね。嬉しくないの？」

「嬉しいさ。最後まで油断しないだけだよ」

「流石は私達のリーダーだ」

「ふっふっふ」

ドヤ顔で笑った瞬間、ドンッと船が揺れた。大きい揺れだ。

「なに今の⁉」

「すまん、岩か何かに当たっちまったようだ」

「しっかりしてよリーダー！」

歩美はゲラゲラと笑った。


島に着いた俺達を待っていたのは温かい歓声――ではなかった。

「なんだこの船。勝手なとこ泊めんじゃないよ」

苦情だ。何も考えないで船着き場らしき所に停泊したら怒られた。

「こういう時、〈ガラパゴ〉があれば消して終わりなのになぁ」

もはや〈ガラパゴ〉は残っていない。販売リストにぶち込むのは不可能だ。

「これで大丈夫だろう」

船着き場の職員らしきおじさんが指定した場所に船を泊めた。それから船を下りて、近くにあったベンチに腰を下ろす。

（そういえば、クルーザーの運転って免許がいるんだっけ？）

ここでは日本の法律が適用される。無免許で船を操縦していたのがバレたらまずい。

何か手を打つべきか悩んだが、結局、何もしないでいた。事情を説明すればどうにかなるだろう。たぶん。

その頃、女子達は島民を見てはしゃいでいた。

「人だぁあああああああ！　人ォオオオオオ！」

波留は興奮して叫びまくっている。島民達は唖然としていた。

「救助の人達、あと五時間ほどで到着するって」

由衣が俺の隣に座った。

「五時間……のんびりだな」

「失踪した鳴動高校の生徒が小笠原諸島に現れたというのにね」

「ま、それでも国からしたら急いでいるものなのかもな」

救助が来るまでの間、俺達はのんびりと過ごすのだった。


半信半疑だった。本当に救助ヘリが来るのかどうか。

だから、実際に来た時は妙な感動があった。

「もうじき到着しますよ」

救助隊員の男が言う。

俺達を乗せたヘリは東京に向かっていた。どうして東京を目指すのかは分からない。地理的には静岡の方が近いはずだ。小笠原諸島が東京都の行政区だからなのだろうか。

そんなことを考えていると、眼下に都会が見えてきた。コンクリートで造られた建物群が近づいてくる。とても懐かしい感じがした。

「東京のどこに向かっているのですか?」

俺が尋ねると、隊員の男は笑顔で答えた。

「都庁です!」

そうこうしている間にもヘリは進んでいき、都庁のヘリポートに到着。

「すげぇ人の数だな」

ヘリポートが近づくにつれて周囲の様子が分かる。大勢のマスコミが待機していて、他にも東京都知事の姿があった。

「着きました! 降りて下さい!」

着陸が完了し、ヘリの扉が開く。何十台ものカメラが俺達を捉えている。

「ここから先、色々と面倒そうだな」

「仕方ないよ。これが私達の選んだ道だから」

「それもそうだな」

俺は小さく笑い、シートベルトを外した。

「せっかくだから皆で一緒に降りようか」

「それいいじゃん!」

「手を繋ぐのもありだね」と由衣。

「なら波留は大地と手を繋ごうか」

ニヤニヤしながら歩美が言う。波留の顔がかぁっと赤くなった。

「大丈夫ですか？　降りられますか？」

隊員の男が尋ねてくる。その言葉の真意は「さっさと降りろ」に違いない。

俺達は笑いながら謝ると、全員で手を繋いでヘリから降りた。


その後、俺達は何度となく事情聴取を受けた。

案の定、〈ガラパゴ〉については信じてもらえなかった。

最初から分かっていたことだ。逆の立場だったら、俺達だって信じなかっただろう。だから俺達は、あの島を実際に見せようと考えていた。

地図に存在しない謎の無人島。それを目の当たりにすれば、流石に信じざるを得ない。

しかし、ここで予想外のトラブルが発生した。あの島に関する全ての情報が消えていたのだ。

自ら消した〈ガラパゴ〉は当然として、島自体が存在していなかった。

島があった座標には海しかない。ライソのログもいつの間にか初期化されていた。小笠原諸島に置いてきたクルーザーにいたっては行方不明だ。

これが、〈ガラパゴ〉の管轄外へ出る、ということなのだろう。

論より証拠と考えていたのに、その証拠が消えたのだ。もはや俺達に〈ガラパゴ〉というアプリがあったことを証明する手段はなかった。

「島での出来事などなかったのだ」

「そんなアプリがあるわけない」

「全ては君達の妄想に過ぎない」

「君達は人体実験に利用されたのだ」

「もしくは洗脳されてしまったのだ」

結局、そういった声が覆ることはなく、俺達の親でさえ懐疑的だった。

だが、それは間違いだ。あの島に関することは決して幻などではない。一つだけ、たった一つだけだが、島での活動を示す物が残っている。

それは――歩美の作ったネックレス。

ネックレスだけは、他の全てが消えても残り続けていた。

見た目は適当な雑貨屋で売っていそうな代物。あの島の存在を示す証拠としてはあまりにも弱い。当然ながら、ネックレスだけでは信じてもらえなかった。それでも、このネックレスはあの島で作った物なのだ。

このネックレスを見る度に、俺達は思い出す。あの島で過ごした、人生で最も濃密な一ヶ月間を。

あの時間はたしかに存在していたのだ。

島での生活を機に、俺の人生は大きく変わった。
波留、千草、由衣、歩美、そして、水野。
かけがえのない仲間達を得ることができたのだ。
島での生活は終わったけれど、俺達の絆は永遠に終わらない——。

書き下ろし後日談

事情聴取が落ち着き、世間が俺達を忘れ始めた頃。

俺達五人は久しぶりに集まった。二人や三人で過ごすことはあっても、全員が一堂に会するのは帰還して以来のことだった。

場所は俺の家。平日の昼間なので両親は不在だ。集まるには都合が良かった。

「これが大地の部屋かー！　オタクグッズとかないじゃん！」

波留が部屋の中を見渡しながら言う。

「見た目は陰キャでも、それほどオタクじゃないんでな」

彼女達をベッドに座らせて、俺自身はリクライニングチェアに腰を下ろした。

「で、会って話したいことって？」

早速、由衣が本題に入る。皆を招集したのは俺だ。

「残念ながら俺達の話は信じてもらえずに終わったが、だからといってこのままでいいのだろうか。そんな風に思ってな」

「気持ちは分かるよ。でも、私達にできることって何もなくない？」

「このネックレスしか残っていないもんね」

歩美の作ったネックレスを握る千草。

「悔しいけど、どうしようもないのが現実だよね」と、暗い表情の歩美。

俺達が成し遂げたかったこと——それは、島からの脱出と救助要請だ。

しかし、成し遂げられたのは脱出のみ。救助要請は断念せざるを得なかった。あの島に行く方法が分からない。

「歩美の言う通り、救助要請は不可能だ。だから俺も諦めていたのだが……」

「何か閃いたの？」と由衣。

「閃いたというか、思い出したんだ。救助要請が無理でも、島の連中に対してメッセージを送ることは可能だと」

由衣が「その手があったか」と納得する一方、波留は首を傾げていた。

「島の連中にメッセージを送る？　そんなん無理じゃない？　たくさん試したけど、島の人と連絡をとることはできなかったじゃん」

「そう、連絡をとることは不可能だ。だが、メッセージは伝えられる。なぜなら、島からでもインターネットに接続できるからだ」

波留の顔がハッとする。

「あっ、そうか！　ＳＮＳとか普通に見れるんだ！」

「そういうこと。俺の知る限り、あの島から脱出したいと考えている人は少なからず存在していた。そういった人に対して、俺達が経験したことを伝えるのはどうだろう。救助要請に比べると鼻クソみたいなものだが、多少は役に立つんじゃないか」

「名案だと思う」

由衣が賛成を表明する。他の女子も賛成票を投じた。

「皆ならそう言うと思ったよ。で、ここからが本題なんだけど」

「今のが本題じゃなかったの⁉」と波留。

「ご存じの通り、俺は化石のような人間だ。皆と違ってスマホは使いこなせないし、ＳＮＳだってそれほど詳しくない。だから、力を貸してもらおうと思ってな」

ネット上にメッセージを公開するだけなら俺でも可能だ。しかし、公開したメッセージが読まれなければ意味がない。読ませる方法が分からなかった。

「そういうことなら任せて！」

歩美が自信に満ちた顔で手を挙げた。

「私のトゥイーター、二〇万人以上のフォロワーがいるから簡単に拡散できるよ」

「なら私は情報をまとめたホームページとかアプリを作るね。島でプログラミングの勉強をしていたし、そろそろ何か作ってみたかったんだよね」

歩美に続いて、由衣もアイデアを出す。

その後も、女子達はあれやこれやと意見を出し合った。次から次にアイデアが飛び出し、あっという間に計画の詳細が決まっていく。

最終的には、トゥイーター、インチュタ、チックポックなど、様々なＳＮＳを惜しみなく駆使する大規模作戦になってしまった。

「四人とも流石だな。一瞬にして問題が解決してしまったよ」

「これを機に大地もスマホを触るようになれよ！　ていうか、大地って家で何してんの？　この部屋、よく見ると最低限の物しかないじゃん！」

「別に普通だと思うけどなぁ」

「普通じゃないって！　生活感なさすぎ！」

波留の言葉に、他の女子も同意する。そして、今度は俺の部屋についての議論が始まった。

話は次第に膨らんでいき、気がつくと部屋全体を模様替えすることになっていた。

「完成！　七〇万円あれば、この地味な部屋を完璧にできる！　やったな大地！」

「馬鹿野郎、そんな金どこにあるんだ」

皆が声を上げて笑う。俺も思わず笑ってしまった。

「とにかく、皆のおかげで計画は決まった。今後は全力で島の連中に情報を伝えていこう。そうすれば、俺達の他にも脱出を試みる者が現れるはずだ」

「「「「おおー！」」」」

かくして俺達は、手分けして作業に取り組んだ。

口で言うのは簡単でも、実際に始めると骨が折れた。作業量が多いだけでなく、モチベーションを維持するのが難しい。取り組みが奏功しているかを知る術が、新たな脱出者の出現しかないからだ。

それでも、俺達はあの手この手で情報を発信し続ける。

いつの日か、新たな脱出者が現れることを信じて――。

あとがき

小説を書く時、大体の作家はプロットを組んでから執筆に取りかかる。

プロットとはどういう物語かをまとめたもので、その細かさは作家によって異なる。プロットの段階で殆ど完成している作家もいれば、箇条書きで簡単にまとめただけの作家もいる。ウェブ作家の場合は後者が多く、中にはプロットを組まない猛者もいるらしい。

私のプロットは大雑把なほうだと思う。執筆を始めてからも案がたくさん浮かんでくる上に、あろうことかそれらを取り入れてしまうからだ。なのでプロットには要点をまとめるに留めておき、細かい部分はその場の感覚に任せて書くようにしている。

だから本作品には、プロットに書かれていないシーンがいくつか存在する。その中で気に入っているのは、大地が仲間と共に紫ゴリラを倒す場面だ。

プロットには、ボスを倒して拠点を獲得する、としか書いていなかった。クロスボウを使うことは執筆中に閃いたのだ。そして、作中で大地が「クロスボウの経験が達者な奴なんていないさ」と言った瞬間、ロケット花火を追加することに決めた。どうしてロケット花火に思い至ったのかは今でも分からない。唐突な閃きだったが、試しに書いてみたところ、思っていた以上に勢いのある展開となった。紫ゴリラからすると散々である。

また、これは驚かれそうだが、堂島萌花もプロットには出てこない。彼女の登場が決まったのはプロットを組んだあとのことなのだ。

これは執筆した当時……二〇二〇年三月頃にウェブ小説界隈で起きていた「幼馴染みざまぁ」ブームが影響している。

この流行の瞬間最大風速たるや巨大竜巻の如しで、タイトルに「幼馴染み」と「絶縁」のワードを含ませておけば無条件でヒットするのではないか、とすら思えるほどだった。

普段はそれほどトレンドをしていないのだが、当時は本作品にアクセントをつけたいと考えていたこともあり、流行にあやかることを決めた。

そんな経緯で生まれたとは思えないほど、本作品における萌花は活躍している。ストーリーの彩りを豊かにするだけでなく、水野泳吉を動かしやすくなった点もよかった。もしも執筆当時に「幼馴染みざまぁ」が流行っていなかったら、本作品の魅力は下がっていたと思う。


最後に謝辞を。

素敵なイラストを描いてくださった担当イラストレーターのあれっくす先生、私のわがままを最大限に叶えてくれた担当編集の山口様をはじめ、本書の出版に携わった全ての方々に感謝いたします。本当にありがとうございました。

二〇二〇年十二月吉日　絢乃

この本を読んでのご意見・ご感想・ファンレターをお待ちしております。
＜宛先＞　〒104-8357　東京都中央区京橋3-5-7
（株）主婦と生活社　PASH! 編集部
「絢乃」係
※本書は「小説家になろう」（https://syosetu.com）に掲載されていたものを、改稿のうえ書籍化したものです。

PASH!ブックス

ガラパゴ～集団転移で無人島に来た俺、美少女達とスマホの謎アプリで生き抜く～

2021年1月4日　1刷発行

著者　絢乃
イラスト　あれっくす
編集人　春名 衛
発行人　倉次辰男
発行所　株式会社主婦と生活社
〒104-8357　東京都中央区京橋3-5-7
03-3563-5315（編集）
03-3563-5121（販売）
03-3563-5125（生産）
ホームページ　https://www.shufu.co.jp
製版所　株式会社二葉企画
印刷所　大日本印刷株式会社
製本所　株式会社若林製本工場
編集　山口純平、松居 雅
デザイン　Pic/kel

　ISBN978-4-391-15533-4